春&夏推理事件簿
ハルチカシリーズ

幻想風琴

空想オルガン

初野晴 著

目錄

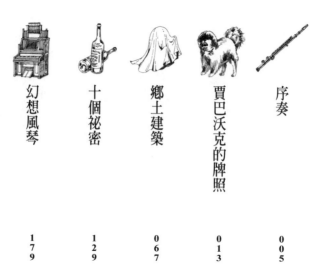

序奏

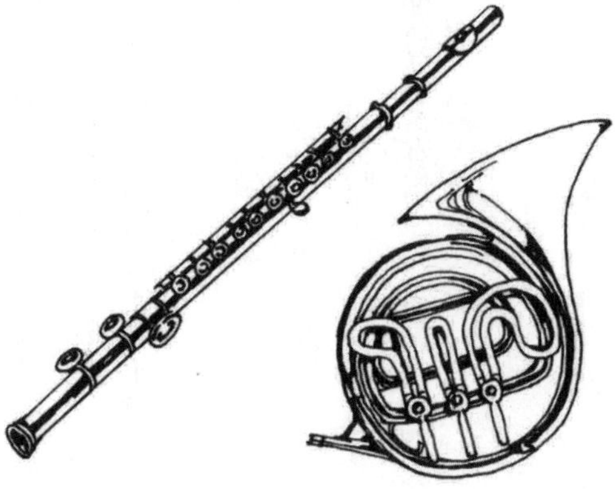

你們認爲鳥籠裡的鸚鵡不能自由飛翔，很可憐嗎？我從來不這麼想。因爲鸚鵡一出生就在鳥籠裡。一出生就知道自身的侷限，眞是幸運啊。

高二夏天認識的某個女生告訴我的這段話，我始終無法忘懷。她淚眼盈眶地這麼主張。我不認爲她拋棄了什麼、放棄了什麼，或輸掉了什麼。儘管如此，她心裡是知道的。知道即使明白自身的侷限，依然能夠離開籠子翺翔天空的方法。知道即使盡情飛翔，碰撞得遍體鱗傷回來，只要擁有互相扶持的同伴，就不會感到辛苦。知道誰都會經歷這樣一段無可取代的時光——

有些事，在長大後的現在才能夠領悟。

當時與恩師的邂逅、與同伴的邂逅，以及離別，是我人生中一道美麗的軌跡。

那或許是……豁出一切得到的奇蹟。

閉上雙眼，一幕情景便會隨著春風、隨著馨香的櫻花花瓣浮現腦海。

…………

…………………

穿著嶄新制服的我，在升上高中時悄悄下定決心，要揮別適合短髮短褲到可恨地步的國中時代，加入充滿少女氣息的社團。我對宛如全年無休二十四小時營業的日本企業般嚴格的女子排球社毫無眷戀，敲開從國中便嚮往的管樂社大門。管樂的門檻沒有古典音樂那麼高，演奏的樂曲種類不設限，不論是爵士或流行樂都無妨。即使高中才起步，也能吹出點名堂，我覺得還來得及。

不料，剛要申請入社，悲劇便迎面襲來。該年度只有三個社員，加上顧問老師調校，瀕臨廢社的危機。

當我茫然若失之際，有人伸出援手。

是新到任的老師，草壁信二郎。他是罕見教音樂的年輕男老師，爽快地接下無人眷顧的管樂社顧問一職。後來我才知道，他曾在學生時代拿下東京國際音樂比賽指揮部門第二名，眾人殷殷期盼他成爲國際級的指揮大師。然而，自海外留學歸國，他拋棄過往的一切，銷聲匿跡數年後，進入我就讀的高中任教。理由不明，本人也不願提起。唯一清楚的是，他一直是我們管樂社的好顧問。儘管擁有如此傲人的經歷，他卻絲毫不自命不凡，以平起平坐的態度與我們溝通。

第一次見到草壁老師的瞬間，我恐怕就墜入愛河了。年紀相差十歲，又是師生關係，是一場禁忌之戀（？）……不管別人怎麼說，都無法動搖這份感情，我不想欺騙自己。隨著與草壁老師相處的機會增加，我逐漸感受到老師多麼值得尊敬、多麼溫柔，還發現他偶然流露出的陰暗面，愈來愈爲他傾心。

管樂社順利重建，還有一個不能遺漏的功臣。

那就是跟我一起入社的上条春太。我習慣叫他春太，他則喊我小千。六歲以前，我們都是鄰居，算是兒時玩伴，後來分隔兩地，直到高中才重逢。春太長了一張娃娃臉，個子又不夠高，有些自卑。不過，他集身爲女人的我渴望的特質於一身，一頭柔順的髮絲、嫩白的肌膚、雙眼皮搭上纖長的睫毛。更難能可貴的是，他有顆金頭腦，接二連三解決發生在校園裡的謎團。

我覺得春太和我一樣，打從見到老師的第一眼，便加入暗戀的行列。年紀相差十歲，又是師生關係……，是禁忌的……男人與男人……不不不，等一下，你幹嘛變成我的情敵？太太扯了吧！可是，不管別人怎麼說，似乎都無法動搖這份感情，他也不願意欺騙自己。住口，不要學我！一本正經跟我講這些只會帶來困擾。

換句話說，我和春太升上高中，相隔九年再會，卻變成爭奪草壁老師的「♀→♂←♂」三角關係。大地啊、大海啊、世上的一切生物啊，請分給我一點元氣吧！咦？你問我是女孩，怎麼可能輸給春太？可是，春太是非常認眞的。「即使我是男孩也不會輸給妳。」他一臉爽朗地發出情敵宣言，我陷入困惑與敵意交織的複雜情緒，一想到對手是兒時玩伴春太，有時竟然會不小心認同。春太就是這樣一個人。如果因爲我是女孩就不戰而勝，未免太不公平。趁著高中三年，全力以赴，過得無怨無悔，成爲草壁老師認同的淑女，讓春太主動舉白旗投降，才是千夏與全地球女性的勝利。千夏，妳責任重大！——於是，我和春太達成協議，在畢業典禮前誰都不准偷跑，甚至簽下契約，鎖進他家的祕密保險櫃。如今冷靜想想，單純的我，在這節骨眼已完全中了春太的圈套。

夢想……

然後，我和春太有個共同的夢想。

那就是讓草壁老師再次登上表演舞臺。

讓老師站上每一個熱愛管樂的高中生都嚮往的聖地——全日本管樂大賽高中部門的全國大會舞臺，「普門館」散發漆黑光澤的石板舞臺。若是草壁老師能以指揮的身分，站在我們賭上青春打造出的最棒的舞臺，不曉得該有多美妙、該有多令人驕傲。僅僅是想像，我便激動不已。

要是不小心吐露這個願望，會惹來旁人失笑。弱小管樂社居然妄想參加全國大會，根本是電影或電視劇裡的三流幻想，我和春太都清楚這一點。我們沒那麼天真，相信只要努力一定會有回報，也明白現實有多殘酷。但我們沒忘記，再弱小的管樂社，一樣擁有全國大會的挑戰權。我們知道，努力掌握挑戰權，絕不是白費力氣。所以，我不想擺出「我們會努力」的姿態。一旦下定決心，唯有把頭埋進水槽，堅持不抬起的人才能獲勝。

僅有社員五名，在旁人眼中是悲慘到家、毫無夢想，更無希望的狀態。不過，既然慘到谷底，我們只能往上爬。當時的我們，恐怕比其他學生胡來兩成左右。有時我會把「偶然」拉過來，和春太一起如魔法般變成「必然」。別說抄近路，有些寶貴的成果甚至是遇難才得手。

如此這般，我們爲了招攬社員四處奔走，碰上連一休和尚都會嚇得逃之夭夭的荒謬怪問與難題，包括六面全白的魔術方塊之謎、與戲劇社即興表演對決等等，好不容易解決，分別在一年級的秋天與冬天爭取到雙簧管演奏者成島美代子，及薩克斯風演奏者馬倫·清兩個好伙伴。

雖然兩人都歷經一段空白期，但成島曾在國中時登上普門館舞臺，中裔美國人馬倫自小熟習薩克斯風。這兩名可立即上場的成員參戰，影響力不容小覷，有管樂經驗的同學甚至聞風而來，申請入社。

升上二年級的四月，在結業典禮前認識的低音長號演奏者後藤朱里帶來新生，接著，期盼已久的打擊樂演奏者——家裡蹲、留級一年的檜山界雄，在五月加入。

管樂社成員逐漸湊齊之際，我認識足以左右管樂社未來的同學芹澤直子。她立志成爲單簧管演奏家。通常，有志成爲音樂家的人，從小就會進入以英才教育聞名的私立名門音樂學校，接受長期的一貫教育。然而，家境良好的她，以「不想出社會吃苦」這種單純的理由，進入離家最近、我們就讀的普通高中，認眞學習一般學科。

芹澤是不折不扣的反管樂社派，卻三不五時溜進音樂室，我們發現她居然有重度聽障。那種絕望，只有自小視音樂爲一切的她才能了解。她被迫對將來做出決定，卻還是勇往直前，我無法給她任何忠告。但第一學期尾聲，透過初戀研究社自稱初戀品鑑師的怪咖學長，發生一件稍微拉近我和她之間距離的事。她開始給總是扯大家後腿的我一些實用的建議，處處照顧我。明明她應該都自顧不暇了，那份好意令我感激涕零。

隨著爲我們打氣、支持我們的人與同伴增加，我和春太的夢想一步步朝實現邁進。在草壁老師的指導下，練習量一口氣增加，也每天進行晨練。聽說管樂名校的管樂社比體育社團還要操，我們一天天體認到這一點……

接下來，我要說的是二年級夏天，我們成功打入期盼已久的地區大賽時的故事。

原本是社員不足，連地區大賽都無法參加的弱小管樂社，在草壁老師擔任顧問後，經過短短十六個月，我們就突破縣大賽，晉級到更高一級的賽事。

不過，我想述說的並非初次打入東海（註）大賽的過程。

我立下決心。

將來變成大人，我絕不會向別人述說高中時代多麼辛苦，或多麼努力。

這是一種細微的心理變化。

我想傳達的是，不論身處再艱困的境況，我仍在摸索前進的途中經歷不少美好的體驗。我想告訴人們，縱使環境艱難，我還是稍微繞了點遠路，活得精彩快樂。不管是誰，都會擁有這樣一段寶石盒般璀璨的時光——

註：日本東海地方，本州中央靠太平洋的地區。一般指靜岡縣、愛知縣、三重縣及岐阜縣四縣，但全日本管樂大賽中納入長野縣。

賈巴沃克的牌照

我的寶貝，賈巴沃克啊。
當有一天那孩子結交摯友時，請替我爲他歡喜。
當有一天那孩子遭受困難打擊時，請替我陪伴他。
然後，當有一天……有一天……萬一那孩子……
需要這樣的我時——
請你把那孩子帶到我的身邊。

1

八月一日　○○早報
千鈞一髮！男童摔落陽臺，女高中生接個正著！

七月三十一日午後三時許，一名五歲男童自清水區△□市營住宅三樓陽臺摔落，眼看即將摔成重傷，路過的女高中生竟接個正著。男童只受了輕傷。

××警局表示，當時男童騎坐在離地面約七公尺高的陽臺護欄上遊玩。路過的女高中生出聲提醒，男童準備返回屋內時沒抓穩，手一滑懸掛在護欄上。原本要離開的女高中生察覺異狀，邊呼喚邊走到男童下方，男童忽然摔落，奇蹟般掉入女高中生懷裡。這名女高中生沒留下名字就離開，但她揹著樂器盒，行色匆匆。

唧……唧……唧……

蟬在遠處大聲合唱。

叭叭……叭噢……叭？

迷路的大象也在叫著。

我把臉埋在膝蓋之間蹲下。這是個炎熱的夏日，雖然待在室內，但光是坐著，依然汗流浹背。我微微睜開眼，迷茫凝望左腕上的貼布。國中畢業後，我第一次聞到薄荷刺鼻的氣味，不禁憶起在排球社奮力投球的歲月。指尖輕觸額前的ＯＫ繃，帶著現實感還沒回來的游離感，我呆瓜似地喃喃自語：

我是誰？這是哪裡？

「妳的名字叫穗村千夏，就讀縣立清水南高中二年級，管樂社社員。這裡是市民文化會館表演廳的門廳。……我明白妳想逃避現實的心情，不過我還是要說：今天是地區大賽當天。」

我提心吊膽地仰頭一看，社長片桐圭介拿著早報，雙手交抱站在眼前。叭叭……叭噢……叭？社長身後，別校的女學生脹紅臉，辛苦地爲長號調音。

「大賽前一天立下大功，妳很厲害嘛。」

片桐社長嘴上誇讚，卻繃著臉。

「社長在氣我沒參加晨練嗎？」

我小聲問，片桐社長的臉繃得更緊。他喉嚨咕嚕一響，像在克制情緒，帶著壓迫感開口：

「比起晨練，我更想知道早報上這名高中女俠的傷勢。她不可能毫髮無傷吧？」

嘿嘿，我挺胸傻笑。這時也只能笑了。

「她手腕挫傷，結結實實閃到腰，一回家就昏倒。」

片桐社長按住眉間深深的皺紋。看到那像極剉冰吃太快的痛苦表情，我有些過意不去。

叭叭……叭噢。同時，別校的女學生仍堅強地繼續爲長號調音。基本上，除了指定的排演室以外，禁止在別處吹奏樂器，但有些學校不熟悉比賽，到處製造各種噪音。有人提醒她，長號發出嚇一跳似的低音：「叭吼？」

「這是理所當然的吧，畢竟是一個五歲大的孩童隨著重力掉下來。」

「撞擊力驚人。」

「還驚人咧……」片桐社長幾乎要痛苦掙扎起來。「妳是我們重要的長笛手……不，我的意思是，我們這種規模的管樂社沒有候補人選……眞不曉得該稱讚妳，還是酸妳……」

「我撐得住。」

「妳以爲自己是超合金鋼鐵人嗎？」

我猛然站起，抓住片桐社長的胳臂懇求：

「不，請不要拋棄我！爲了今天，我一直在努力。這是我第一次參加大賽。放棄排球後，我只剩下長笛。如果要倒下，我也要在舞臺上演奏完畢，倒在舞臺上。」

片桐社長一臉厭煩地掃視周圍後，帶著欲言又止的複雜表情注視我。

今天是值得紀念的日子——我們管樂社初次上陣的日子。

距離上午九點的開幕典禮還有時間。

「別這樣，大家快來了。」

片桐社長用力搔頭，望向時程表。預定是今天早上六點在學校集合，晨練後一起前往會場。

「咦，大家還不曉得這件事嗎？」我問。

「幹嘛一大早就害大家驚慌！」

「怎麼能讓大家到會場才驚慌！」

我們大聲互罵，揪住彼此，再次丟人現眼。

戶外與大表演廳之間的門廳擠滿上午出場學校的學生。地區大賽分成東部、中部、西部三個地區舉行，我們在中部地區大賽的會場。有些學生陷入比賽當天的緊張感中，有些學生緊盯著手機螢幕不放，有些學生談笑自如，態度各不相同。參賽者中女生占絕大多數，也是特色之一。

管樂比賽分成大型編制的A部門與小型編制的B部門，在地區預賽及縣預賽中脫穎而出，就能晉級到分部大賽。

再上一層級的全國大賽，只有在分部大賽勝出的學校能夠參加。會場是深愛管樂的國高中生嚮往的聖地——東京都杉並區的普門館。換句話說，僅憑縣代表的水準，無法敲開全國大賽的門，參賽的門檻之高，一般的體育社團望塵莫及。認眞以普門館爲目標的學校，練習的嚴格程度超乎想像。至於那些管樂名校，在校的練習時間更是所有社團中最長的。

附帶一提，能夠前往普門館參加全國大賽的，只限大型編制的A部門。

當然，我們管樂社的成員都非常嚮往普門館。即使明白這個世界沒那麼容易，不是努力就會有回報，最起碼還是想報名A部門，取得普門館的挑戰權。可惜今年社員實在不夠多，不得不放棄報名A部門，參加小型編制的B部門。這是我們的第一步，希望能留下佳績，爲明年打下基礎。

「喂，那兩隻不要吵架。」

有人拍著手出聲制止，扭抓在一起的我和片桐社長轉過頭。

芹澤站在旁邊。跟穿制服的我們不一樣，上身是可愛的七分袖襯衫洋裝，搭配緊身牛仔褲和白色運動鞋。比春天時留得更長一些的短髮，抹除了她身上少年般的氣息。

「怎麼，原來是芹澤啊。」片桐社長開口。

「是我不行嗎？」芹澤指頭輕觸左耳，戴小型助聽器的位置似乎有點不舒服。細長的眼眸一如往常，散發讓人不敢輕易靠近的氛圍。

「不，只是沒想到反管樂社派的妳會來幫我們加油。」

片桐社長有些訝異，芹澤露出不悅的神色，放下尼龍背包，取出冷卻噴霧劑和新的貼布及軟膏。她要我坐下，撕下我額前的ＯＫ繃。男童的指甲刮傷我的額頭。芹澤輕手輕腳塗上軟膏，我乖乖任她擺布。

「芹澤，妳知道這件事？」片桐社長甩甩早報。

「昨天晚上她們母女跑來哭訴。」

「……妳也眞辛苦。」

芹澤輕輕抬起我的左手，細心地一根根檢查我的手指，接著毫不客氣地搓揉我的胳臂和肩膀。

「芹澤，情況如何？」片桐社長彎下身問，表情轉爲嚴肅。

「她去過醫院，並且做過電腦斷層檢查。不是撞到腦袋，沒什麼特殊的問題。演奏的部分，昨晚深夜在河邊的空地確認，犯錯的地方和前天一模一樣，所以手腕不要緊。」

「穗村太強壯了吧……」片桐社長打心底佩服，忽然眉頭一皺：「前天？妳怎麼會……」

「囉唆。」

芹澤微微臉紅。我接受她的個人指導，這是祕密。之前我們發生過不少衝突，如今已締結堅固的友誼。片桐社長似乎察覺到這一點。

「穗村，有沒有哪裡會痛？」他問。

我搖搖頭。沒事了，這不是逞強。片桐社長盯著我老半天，我堅定迎視。半晌後，他嘆一口氣。

「噯，就算演奏上有障礙，我們也能分擔，應該還好吧。」

「又不是職業樂團，我覺得影響不大。」芹澤從背包取出奶油麵包遞給我。仰著頭的我撫摸胸口。一放心，肚子頓時咕嚕叫，我拆掉包裝，狼吞虎嚥。

「怎麼不乾脆撞到頭，變成天才長笛少女呢？」

「是啊，我本來也這麼希望。」

「你們很壞耶！」

片桐社長和芹澤事不關己地繼續交談。

「不過，兩個女生三更半夜在野外練習，可不值得嘉許。」

「上条也一起來了，他才是該擔心的那一個。」

「爲什麼？」

「他會哈哈大笑，跟穗村打起來。」

俯視著我的片桐社長變成一張苦瓜臉。

熱鬧的門廳中央響起呼喚聲，我回頭望去，芹澤慢一拍也反應過來。

三個男學生沐浴在女學生的目光下走近。一個是散發令人聯想到亞洲明星的靜謐氣質，身形修長的中裔美國人，薩克斯風手馬倫。另一個是寺院住持的兒子，留著一頭不像高中生的長髮，綁在後腦勺。他是爲了某些原因，留級一年的打擊樂手檜山界雄。

春太愣愣跟在兩人身後。

他是我的兒時玩伴，本人個子矮小頗自卑，卻擁有身為女人的我渴望的一切外貌特質，實在教人妒恨。春太提著呈圓錐狀突出的法國號樂器盒，臉上有四條斜斜的抓傷，猶如打擾大熊進食遭到攻擊。老實招認，是我昨晚幹的好事。

「以地區大賽而言，帶攝影機的記者滿多的。」

又響起一道話聲，轉頭一看，成島抵達會場。她將疑似一年剪一次的土氣長髮綁成一個大丸子，平常戴的厚眼鏡換成隱形眼鏡。

片桐社長把早報交給馬倫、界雄和成島，默默指著我。三人讀完早報，臉色鐵青。成島彷彿貧血發作般往後倒，芹澤急忙扶住她。

片桐社長不禁嘆氣，匆匆解釋合奏沒問題，眾人總算鎮定下來。至於我沒參加晨練的事，也與草壁老師商量過，會在正式上場前的排演和大家合音。太好了。

「那些帶攝影機的記者是來採訪穗村嗎？」

界雄興致勃勃地開口，我害臊扭捏起來。成島說的沒錯，區區地區大賽，一般記者不會特地跑來採訪。

「抱歉，我會和忍者一樣小心躲好，避免給大家添麻煩。」

「應該不是來找小千的。」

春太注視正面的玻璃門低喃，話聲頓時淹沒在人群中。「咦？」我轉向同一個方向。玻璃門的方向——或許因為是假日這個時段，公車每隔幾分鐘就會在車站與市民文化會館之間往返，陌生的制服團體間歇性地魚貫湧入。掛著「通行門」牌子的隔壁玻璃門上了鎖，另一頭整齊擺放著大大小小的樂器盒。稍遠處，等待上場的學生正在排隊，約莫是上午出場的第三或第四所學校。一個女學生寶貝萬分地拿在手中的短笛令人印象深刻，彷彿在等待上場般靜靜生輝。她們身上散發一股「今年一定要獲勝，打進縣大賽」的氣勢，讓我體認到想晉級的不只我們。

喂，等一下。春太剛剛的話是什麼意思？記者的目標是誰？

春太左右掃視，似乎在梭巡參賽者與相關人員。

我望向門廳的壁鐘，離開幕典禮剩下十五分鐘。我和大家一起前往表演廳。穿過厚重的雙層隔音門後，可容納一千一百七十名觀眾的座位，大半都被上午出場學校的學生和家長塡滿。後方座位的角落，一年級的後藤她們蹦蹦跳跳著揮手。顯然已用東西和包包幫我們占好位置。

環顧舞臺，我悄悄倒抽一口氣。鋼琴、豎琴、定音鼓、小鼓等樂器擺設就緒，譜架和折疊椅一字排開。僅僅換了個地點，平日熟悉的東西，印象卻變得截然不同。我重新體悟到，雖然是地區大賽，卻是全新的舞臺。開幕典禮還沒開始，我就一陣緊張，連呼吸都快發顫。

我瞥一眼坐在前面的春太和成島。春太有比賽經驗，成島國中時曾踏上普門館舞臺。

我聽見兩人的對話。

「上条，我一直猶豫要不要問。」

「什麼？」

「你有沒有洗澡？我從剛才就聞到一股怪味。該說是腥臊味，還是動物的味道……」

「那是妳的心、心理作用。」

「一個人住真辛苦。」

「外面有噴泉，我……我去沖一下好了。」

「你開玩笑的吧？」

「開玩笑的。」

我湧出一股想當場把緊張感稀釋五倍，拿來當薰香焚燒的衝動。我以目光搜尋唯一可靠的草壁老師。管樂社成員陸續抵達，但遲遲不見老師的蹤影。

再五分鐘典禮就要開始，片桐社長卻有意外的訪客。

眾人轉身望去，不禁瞪大眼。那是藤咲高中管樂社的堺老師和岩崎社長。堺老師的體格壯到幾乎可當摔角選手，聯合練習時老是大呼小叫，我們私底下都喊他「大猩猩」。

藤咲高中管樂社歷史悠久，創社以來，曾十一度打入普門館。東海地區五縣裡，僅有三校能夠晉級全國大賽。他們的規模和我們天差地遠，昨天的A部門和今天的B部門都有報名。

堺老師的目光掃過我們每一個人，開口吩咐：

「開幕典禮結束後，集合這邊的成員帶出去。」

2

開幕典禮結束，我們移動到市民文化會館前的廣場。

我們的演奏順序是二十六校中的最後一校，下午四點上場。

自選曲的演奏時間規定是七分鐘，按賽程準時進行。趁舞臺上在演奏，下一校和下下一校依聲部整隊，在舞臺旁預備。排序更後面的學校在門廳等待。由於休息室空間有限，只能放置樂器和器材，加上運送樂器的卡車能使用的停車場也有限，順序較晚的學校，沒必要一開始就待在會場，白白占據空間。一般都是在樂器送來的幾小時前才抵達。

「你們幹嘛一大早就全員到齊？」

堺老師目瞪口呆，我們不禁噘起嘴。社員二十四人，每一個都是參賽的正規軍，戲劇社的名越社長笑我們的編制是「寬鬆樂團」。演奏技術水準不足以參加今天的地區大賽的幾名一年級生，也做爲界雄的打擊樂器輔助人員上場。

「我們在資歷上有段不短的空白期，想熟悉一下會場。」

片桐社長謙虛地解釋，春太出聲插話：

「今天B部門的地區大賽，關係到我們這個月底的東海大賽金牌，及明年A部門的華麗登場。這個值得紀念的大日子，不全程參加不就沒意義了嗎？」

別說是大誇海口，根本是大開宇宙口，這番發言把眾人嚇個半死。片桐社長和成島抓住春太，捂住他的嘴巴。這個不知天高地厚的傢伙，你以爲眼前這位是何許人？眾人一個壓一個似地，硬逼春太下跪，堺老師豪邁大笑。我們宛如在演歷史劇，聽到主公說「平身」，裝模作樣地恭敬抬頭。

「卡車是兩點半送樂器來吧？」

「對。」片桐社長小心翼翼回答。

「你們草壁老師要晚一些，下午一點才會到。在那之前，片桐社長負責指揮，帶領大家。」

片桐社長像是初次聽聞，一臉納悶。「我們和老師一起離開學校，我還以爲……」

「他突然有急事。」

眾人有些不安。

大賽當天，會有什麼事？我不禁疑惑。我認識的草壁老師就算有急事，也不會在這種大日子一聲不吭就消失。

堺老師大大嘆一口氣。

「我和草壁老師商量過，安排分頭運送打擊樂器以外的樂器，十二點半會送達。我們學校付錢租用的練習場，十二點五十分後會空下來，打擊樂器先用那裡的吧。除了排演之外，你們巴不得有多的時間練習合奏吧？」

每個人都垂涎三尺地傾身向前，差點撲倒。堺老師冰冷的目光掠過我們。

「聽說有學生蹺掉晨練？」

我躡手躡腳藏起身。

「呃，借用貴校的練習場地……這樣的美意……我們眞的能接受嗎？」片桐社長支支吾吾開口。

「我們岩崎受過草壁老師指導，欠他一份情。」堺老師轉著眼珠，依序掃過春太、界雄，還有來不及躲好的我，悄聲接著道：「也欠你們一些學生人情。」

「咦？」

片桐社長一臉困惑，堺老師咳一聲，然後拍一下手，集中眾人的注意力。

「只有這一刻，我算是代理老師。所以，我要給你們寶貴的忠告。」

代理老師？我頗爲驚訝。藤咲高中今天也報名B部門，學生想必在等待指導老師，他卻特意撥出珍貴的時間給我們建議……我嚥了嚥口水，準備洗耳恭聽。

堺老師拉開嗓門說：

「不管是第一次參賽的學生或老鳥，都仔細聽著。你們非常努力，今天就放鬆心情，享受比賽吧。」

眾人面面相覷。既然普門館常客的學校顧問這麼認爲，應該錯不了。我感到緊張稍稍緩和。

「蠢材！你們以爲我會這麼講？在目前的情況下，吐出這種鬼話的指導者，我絕對不相信他。」

眾人一陣驚慌。

「草壁老師不好開口，我來幫他說。聽著，那種蠢話，只是事先在爲不如預期的結果找藉口。」

「那、那該怎麼辦？」

最驚訝的片桐社長拚命問。

「重要的是，在正式上場前緊張到極限、緊張到發抖。這樣你們才會對自己演奏出的音色負起責任。別妄想一開始就能享受管樂的趣味，憑你們的水準，稍一鬆懈，即使是在無風的房間，樂聲還沒傳到觀眾耳中就會散光。」

「恕我直言，萬一過度緊張造成失誤，該怎麼補救？」

馬倫靜靜道出我和一年級生想問，卻只敢在嘴裡嘀咕的疑慮。

「觀眾和評審聽的不是那種旁枝末節。別忘記，他們聽的是包括失誤在內，一整個連續的演奏。」

眾人沉默地注視堺老師，他露出溫和的微笑繼續道：

「你們演奏的是管樂吧？音樂聽的不是技術。一個人的失誤，可以靠兩個人的演奏來彌補。要讓觀眾聽到全員的用心，與全員的音樂力。」

「是！」眾人總算齊聲應道。

「以上就是我的珍貴忠告。」

堺老師轉身，拍拍讀過早報面色發青的岩崎社長肩膀。不知何時，那篇報導用螢光筆框起來，補上一行鬼畫符「認爲穗村學姊竭盡全力的人」，下方是計算人數的「正」字。

堺老師忽然望向一側，神情一僵。灌木叢旁一個陌生男人迅速別開臉，他穿著挽起袖子的白襯衫配領帶，搭一只機能型斜背包。褐髮微翹，像是略略燙過，看上去不是普通上班族。

「今天就算有人來採訪你們，也不必理會。」

堺老師不耐煩地丟下一句，聳著肩膀離開。岩崎社長塞還早報，慌張跟上。灌木叢旁的男人在不知不覺間消失。

怎麼回事？我們面面相覷，片桐社長的集合口令推動靜止的時間。會場規定不能用手機，我們已決定上午該如何聯絡，及吃完午飯後的集合地點。接下來，社員分成兩組，一組回到表演廳的觀眾席，另一組攜帶樂譜移動到門廳。界雄拿著節拍器，向打擊樂的一年級生招手。打擊樂只要有棒子，隨時隨地都能練習。

蔚藍的夏空萬里無雲，太陽燦爛耀眼。我把手舉到額前遮陽。

我發現春太離開眾人獨自佇立的背影，好奇他在幹嘛，走近一瞧，發現他盯著剛剛那男人消失的公園方向。

「欸欸欸，春太。」

我抓住春太的制服拉扯。那能讓初次看到他的女生意亂情迷的雙眼皮與長睫毛動了動，我鎮定地問：

「草壁老師不是晨練一結束，就出發前往會場嗎？」

「電話打不通。」

「咦？」

「聽堺老師的話，應該不是意外事故之類……」

下午一點才會到，有急事——我回想起堺老師的話。雖然不清楚發生什麼狀況，至少堺老師聯絡得上草壁老師。

「擔心也沒用。」春太一臉清爽地接著說。「妳最好把心思放在一點開始的合奏練習。」

「嗯……」我垂下目光點點頭。沒錯，不能浪費堺老師給我們的大好機會。

一陣帶著熱氣的風吹來，拂動我和春太的頭髮。我按住頭髮，忽然隱約嗅到一股腥臭。是動物的臊味嗎？我把鼻子湊到春太的制服上，學懷疑丈夫外遇的主婦用力嗅聞。

3

門廳有製作演奏錄音ＣＤ的專門業者，一張一千五百圓。雖然昂貴，但演奏結束後，會依照校別將ＣＤ裝在不同的專屬盒子裡親手遞交。我和錢包商量一下，決定填寫申購單，勾選「縣立清水南高中」的欄位，領取兌換券。

上午的演奏只剩下五校。

我東張西望，四處尋找春太。繼草壁老師後，連春太都消失不見。我想起在表演廳座位上聽到片桐社長和學弟妹的對話。

（咦，上条呢？）

（上条學長去廁所還沒回來。）

（這麼一提，他樣子怪怪的，行動可疑。）

（學長似乎在避人耳目，鬼鬼祟祟的……）

我找遍門廳，依然沒看見春太的身影。他會在外面嗎？走出正面的玻璃門，陽光頓時變得刺眼，溫度上升。我有些卻步，最後還是跨了出去。一方面得找到春太，另一方面是想呼吸外頭的空氣。這種感覺和考高中時一樣，彷彿周圍每個人都很會念書。現在其他學校的演奏聽起來非常精湛，繼續待在觀眾席，自信心會愈來愈萎縮。

那所學校集中的前奏十分悅耳，銅管也整齊劃一。

那所學校的編曲特別下過工夫，讓弱奏的音不會被蓋過……

成島和馬倫從容聽著，我實在無法承受。或許旁人會笑「不過是地區大賽，妳未免太誇張」，但我還不曾見識地區大賽以外的世界。

「等一下！」

傳來呼喚聲，我停下腳步。只見芹澤從會場跑近。

「穗村，妳要去哪裡？」

我不能說是在找春太，於是回答：「我想呼吸一些外面的空氣。」

芹澤注視著我，冷不防抓住我的胳臂。

「妳一定會回來吧？」

「咦？」

「別管那麼多，答應我。」

不曉得芹澤在擔心什麼，我點點頭，她便放開我的手。

我打算待會就回去，和芹澤道別後，穿過草皮。少了陽光灼烤的柏油路，教人吃不消的暑熱也消失。樹木長滿屬於夏季的綠葉，一頭柴犬在樹蔭下叼著皮球搖尾巴。附近的活動會場有人在發扇子，我拿了一支。那是廣告宣傳扇，畫著可愛的曼波魚和旗魚圖案。

我搖著扇子，仰望城堡。

市民文化會館旁聳立著駿府城，說是那位德川家康（註）的隱居處，似乎有點遜掉。要是想像成是電影或歷史劇中登場的雄偉城堡，期待多少會落空。觀光導覽手冊上寫著，這是財團法人日本城廓協會選出的「日本一〇〇名城」之一……日本居然有超過一百座城堡？總覺得頓時變得不怎麼稀罕，可別講出去喔。

一對沒繫牽繩的臘腸狗親子從前方漫步而過，我避開牠們前進。居然任由狗亂跑，這飼主沒問題嗎？

駿府城周圍是一片廣大的自然公園。正值週末，不少出遊的親子，十分熱鬧。遠方有孩童大聲歡鬧，拿麥桿帽當飛盤互相投擲，也有一些家庭鋪上野餐墊休息。

註：德川家康（一五四二～一六一六），戰國武將，繼統一天下的豐臣秀吉後，開創江戶幕府。

沿著長長的花圃前進，我發現一個老爺爺拚命拉扯三隻吉娃娃的牽繩。三隻吉娃娃舌頭垂在嘴邊，激動喘氣。

我四下張望。石子地、草皮、木橋，是一座適合散步的公園。一個老奶奶撐著陽傘，推嬰兒車路過。我以爲車裡躺著嬰兒，沒想到居然是一隻穿衣服的臭臉鬥牛犬。

怎麼回事？我納悶地停下腳步。

「駿府公園開放寵物進入。這裡是觀光勝地，應該是全國屈指可數的自然公園。」背後有人好心告訴我。回頭一看，是一個眼熟的男人。不久前在堺老師的瞪視下，偷偷摸摸溜走的人。他微微頷首致意，在近處一瞧，感覺年紀在三十歲左右。

「不必提防我。」

他露出和善的笑容遞出名片。我沒接下，而是伸長脖子看。「編輯兼撰稿人　渡邊琢哉」，還有電話號碼和住址，我不禁皺眉。

「撰稿人？從愛知縣過來？」

「嗯，我接到以名古屋爲據點的中目出版社委託，或許『自由記者』的頭銜你們比較熟悉。我的優點在於寫得快，跑得勤，缺點是錢包有點薄。光靠接稿難以餬口，所以是兼差。」

「你是來採訪的？」

「妳很聰明。」

情急之下，我學明星遮住臉。

「呃，我不想上鏡頭。我只是無名小卒，愛好和平，而且那本來就是市民應盡的義務。」

「義務？什麼意思？」

我眨眨眼。咦，不是來採訪「千鈞一髮！男童自陽台墜落，女高中生接個正著！」的英勇事蹟嗎？

今天就算有人來採訪你們，也不必理會——我想起堺老師的話，退後一步，拉上嘴巴的拉鍊。

「其實我從剛才就在觀察妳，妳十分單純。」

「哪裡單純！」嘴巴的拉鍊輕易綳開。

「順帶一提，那扇子的圖案品味頗糟。眞正的曼波魚全身都是寄身蟲，長得醜多了。」

「這是別人送的。」

雖然我的反應起伏劇烈，沒想到一來一往，對話居然也成立。看來這人臉皮很厚，似乎相當習慣採訪。

「言歸正傳，我接到委託，來採訪東海五縣的管樂比賽。出場學校的學生感想非常寶貴，方便請妳在正式上臺前談談抱負嗎？」

（我從剛才就在觀察妳……）

我想起他剛剛的話。這個人爲什麼不惜跟蹤離開會場的我，也要進行採訪？明明門廳裡有一大堆等待上場或結束演奏的學生……

「抱歉，現在除了演奏，我沒辦法思考別的事。」

我輕輕低頭致意，轉身就要走人，背後傳來一道沉靜的話聲：

「放心吧，你們清水南高中會順利晉級縣大賽。」

「咦？」

渡邊先生彎曲食指鬆開領帶。此地應該沒有愛知那麼熱，他卻露出嫌陽光刺眼的神色。

「B部門有二十六所學校參賽。去年有十校取得金牌，全部晉級縣大賽。今年的機率差不多。中部地區大賽中，沒有地區金牌。」

這個記者知道所謂的「地區金牌」。由於名額有限，有些學校拿到金牌仍無法繼續晉級。在縣大賽和分部大賽稱爲「板凳金牌」，拿到板凳金牌的大部分學校雖然欣喜，卻也不得不含恨吞淚。

渡邊先生模仿吹小號的動作。「其實我以前吹過喇叭。」

我當成耳邊風，追問：「剛剛的話是什麼意思？」

「你們會晉級縣大賽的事？」

我點點頭，腦海浮現今早珍惜地拿著短笛的女學生。這話像踐踏其他學校學生的努力，我有些氣憤。

「比起東部和西部，中部水準較差，而且往往要經歷一番波折。去年晉級縣大賽的學校中，有六所今年更換指導老師。」

這是第一次耳聞。

「對你們來說，接下來的縣大賽才是關鍵吧？今年東部氣勢如虹，有一所宛如颱風眼，或者該形容為高中管樂的革命家……總之是非常驚人的女子高中，表演精采絕倫。要不要看照片？」

渡邊先生率性地取出手機，我搖搖頭婉拒，內心對「革命家」一詞頗好奇。那究竟是怎樣的女子高中？

「不要？」渡邊先生掃興地收起手機：「嗳，坦白告訴妳吧，在妳離開表演廳前，我也聽過上午的比賽。」

「咦？」

「妳覺得如何？」

「每一所學校都很厲害，不能輕敵。」

「妳會不會太小看你們樂團的實力？你們的指導老師是草壁信二郎啊。我看過你們五月的定期演奏會錄影。有觀眾在現場錄影，那份影片流了出來。」

突然聽到草壁老師的全名，又聽到五月定期演奏會的影片流到外頭，我不禁瞪大雙眼。

「我很佩服，他居然能把沒沒無聞的管樂社栽培到這種程度。雖然直接採訪的要求遭到副校長拒絕。」

「呃，你認識草壁老師？」

「五年前，他被譽爲古典音樂界的時代寵兒。儘管他在東京國際音樂比賽的指揮部門只拿下第二名，但有傳聞認爲部分評審遭到收買。他的實力出類拔萃，即使在每年都有一個被譽爲『二十年罕見』或『十年罕見』奇才的古典樂界，也是例外。」

渡邊先生交抱雙臂，停頓一拍，目光益發銳利。

「早已捨棄一切輝煌經歷的草壁信二郎，以一介無名地方高中的管樂社顧問身分，再度登上舞臺，怎麼不教人好奇？」

我默默後退，總算理解今早成島的話。

——以地區大賽而言，帶攝影機的記者滿多的。

我們的登場，即將被當成馬戲團表演嗎？

我恍然大悟，離開會場時芹澤那麼擔心的理由。運用一下想像力就能明白，我卻毫不設防，獨自傻傻跑出來閒晃，遭這名記者追上，糾纏不休。笨蛋，我眞是個大笨蛋。

「走開。」

我別開臉低喃，不曾這麼恨自己語彙貧乏。

「傷腦筋。」渡邊先生搔搔頭。

「爲什麼就不能別來煩我們？」

「如果不訪問你們，每一份雜誌豈不都只能寫出得狂牛病的牛腦般空洞的稿子？」

這是哪門子譬喻？渡邊先生誇張嘆氣。

「堺老師到處勸退記者，今天下午應該就會透過聯盟發布採訪禁令，可是我無法放棄。」

「現在只是地區大賽。」我軟弱地主張。

「正因是地區預賽，更要採訪。幹記者這一行，會漸漸摸透採訪品質的分水嶺。這次中部地區大賽，能寫出好報導的題材，是下午的最後兩校。沒有指揮的城北高中，和草壁信二郎率領的清水南高中。尤其是清水南高中，不從頭採訪到尾就沒意義了。」

他是我最不會應付的那種人。要進行唇槍舌戰，我實在無法抵擋。於是，我向渡邊先生深深一鞠躬：

「拜託，我們不想給其他學校添麻煩。」

頭頂感覺到一股不敢置信的目光，沉默持續良久。

「早就造成麻煩了。」

「咦？」

「今天的演奏順序。」

我抬起頭，不停眨眼。

「演奏順序是抽籤決定的。不妨問你們社長，他眞的抽到最後一號嗎？」

我驚慌失措，「什、什麼意思？」

「媒體矚目的焦點不是妳們學校，而是草壁信二郎……聯盟特別照顧沒沒無聞的你們吧？萬一在這場記者雲集的大賽中奪得金牌，你們可能會登上報紙或雜誌，而且是前所未見的大篇幅報導，或許可以激勵參賽學生。所以，有必要調整登場順序，讓記者留到最後。」

怎麼會這樣……

「草壁信二郎的存在，對各所學校的管樂社造成多餘的壓力，這並不公平。」

我搖搖頭，穩住畏縮的意志。

「我不認爲登場順序動過手腳。」

我相信抽籤的片桐社長。他意外奉公守法，不會撒無聊的謊，也不會隱瞞重要的事。更別提參與作假，絕不可能。

「聯盟要怎麼在籤上動手腳都行。」

「你含血噴人。」

「那麼，草壁信二郎爲何拋下學生不出現？他是帶隊老師吧？」

「純粹是顧慮到你們這些記者。」

肯定沒錯。在堺老師解決問題前，草壁老師沒辦法進場，但這名記者還是頑強地留下……

「我還眞是惹人厭。」

「你眞的很討厭。」我總算搞清楚狀況，深吸一口氣。「另外，你不要直呼我們老師的名字。」

我想快步離開，渡邊先生鍥而不捨地跟上。

「抱歉，我沒惡意。」

「我什麼都不會透露。」

「嗯？我已達成採訪目的。從妳的態度，我大概猜得出，草壁信二郎沒告訴你們突然失蹤的理由。」

搞什麼，這人搞什麼嘛！我差點紅了眼眶，好想捂住耳朵。誰來救救我！

「等一下，妳——」

話還沒說完，背後傳來「哇」一聲驚叫，接著是跌倒聲。回頭一看，渡邊先生跌了個狗吃屎，不停喊痛，顯然是春太用腳絆倒他。春太睨視著他，冷冷開口：

「你從剛剛就拿不斷用吊兒郎當的詭辯在唬攏純真的小千。」

「春太！」

我立刻躲到春太背後，這才發現有個生物在觸碰我的腳。這味道……春太握著牽繩，循著牽繩望去，只見一隻體格健壯、額頭寬闊的大型犬，是從沒看過的種類。毛色不太亮麗，像是老狗，但脖子周圍有一圈蓬鬆的白毛，宛如鬃毛。

「記得你是……」渡邊先生拍拍膝蓋站起，「我想起來了，是特別擅長手塞音技巧（註）的學生。」

「副校長不惜弄歪假髮也要拒絕採訪的記者……原來就是大叔。」

註：右手塞住法國號喇叭口，發出金屬性質音色的技巧。

渡邊先生遞出名片，春太當面撕破。我不習慣劍拔弩張的氣氛，躲在春太背後，內心七上八下。

「憑你們兩個人就想保護顧問老師？」

「身爲重建管樂社的元老，我們很團結。」

渡邊先生頓時沉默。

「要不要做個交易？」春太提議。

「交易？怎樣的交易？」

「放過我們學校。」

聽到「交易」，渡邊先生流露感興趣的目光催促。春太遞出手中的牽繩。

「今天早上，我在會場碰到這隻迷路的狗，請幫牠找到飼主。憑你的努力，應該能寫成一篇足夠交差的報導。」

什麼？我望向那一大隻老狗。牠沒服從春太，也沒抵抗，靜靜維持端坐的姿勢。我提心吊膽地觸摸。好乖，觸感和以前摸過的導盲犬頗像。當時我第一次在動物眸中發現瞳孔深處的無邊無際。這隻老犬有相同的眼神。

渡邊先生扶著下巴，目不轉睛地觀察老狗。

「那眞的是迷路的狗嗎？項圈上沒掛狗牌照。」

狗牌照？陌生的字眼，那是什麼？

「今天早上牠拖著牽繩，在會場周圍徘徊。牠體型這麼大，丟著不管可能會引起騷動，所以由我暫時照顧。」

「拖著牽繩走來走去啊……」

渡邊先生蹲下，單手溫柔地抓住老狗的嘴巴，拇指用力一扳，讓牙齦露出。手勢十分熟練。

「原來如此。犬齒最近有經人工削磨的痕跡，還拔掉幾顆牙齒。狗的牙齒非常重要，出問題會無法筆直行走，甚至造成死亡。這必須給技術專精的獸醫診治，但牠似乎沒遇到好醫師，眞可憐。」

「你挺內行的。」春太有些佩服。

「我採訪過幾次狗展。」渡邊先生注視著春太。「看來你沒撒謊。那麼，你一眼就決定要保護牠？」

「對，可是……」

不知爲何，春太的語氣含糊。渡邊先生浮現別有深意的笑。

「不然，是這麼回事嗎？」

今早，春太在會場周圍發現老狗。

←

春太暫時把牠帶到駿府公園不引人注意的地方，繫好牽繩。這樣就不會馬上被人通報保健所（註一）**抓走。**

春太擔心狗，溜出表演廳來查看狀況。 ←

碰到千夏。 ←

整理渡邊先生的敘述，大致如此。雖然合情合理，但我不認爲春太是熱心的動保人士，會刻意溜出表演廳照顧狗。

「你同意交易嗎？怎麼樣？」

春太催促渡邊先生做決定，渡邊先生沒立刻回答。與其說是認眞在考慮，那表情更像在腦中打各種算盤。

我從春太背後探出頭問：

「呃，這隻狗有什麼厲害的地方嗎？」

「我只在很久以前，電視播放的『彈塗魚動物王國』（註二）裡看過。」

我覺得他的答案很敷衍，手指戳戳春太。春太不太情願地解釋：

「這是藏獒。」

「髒凹？對不起，再說一次。」

渡邊先生笑出聲：「藏獒。在日本知名度不高，是棲息在西藏高原上的犬種。爲土佐犬這類大型犬的祖先，和狼狗並稱世界二大軍用犬。藏語叫『do khyi』，意思是『必須綁起來養的狗』。不過，最近改良的品種十分溫馴。」

「哦……」

接下來，渡邊先生的話讓我震驚不已：

「這種狗在中國的富裕階級是一種地位象徵。目前價格炒得相當高，純種的要幾百萬到幾千萬，幾乎是天價。」

「那、那麼，這、這這這隻狗是純種的嗎？」

「我沒親眼看過純種藏獒，不能確定……但值得調查一下。」

春太一連串可疑的行動終於眞相大白。定睛一瞧，他又不見，到底跑去哪裡？不知何時，他抱住藏獒，臉埋在蓬鬆的毛裡。

「你要永遠跟我在一起。在下雪前、天使來迎接前，我們一起走吧。」

我想起某部卡通在教堂的最後一幕（註三）。你最好凍僵在炎炎夏日裡！總之，我先從藏獒身上拔起春太，狠狠踹他一腳。

「我眞是看走眼，你竟然是爲了錢！」

註一：日本的流浪動物歸保健所處理。

註二：彈塗魚動物王國（Mutsugoro Animal Kingdom），是綽號「彈塗魚」的畑正憲於二〇〇四年在東京SUMMERLAND開設的動物園。

註三：卡通《龍龍與忠狗》（フランダースの犬），最後主角與狗一起凍死在教堂。

制服留下鞋印的春太，抬眼瞪著我：

「原本牠要和我一起生活。搞不好今後我得一輩子孤伶伶活下去，所以希望牠養我啊！」

「他到底在說什麼？」

渡邊先生率直地發出疑問，我不由得一臉苦澀。明明是男生卻單戀草壁老師，而且居然是我的情敵。這段不幸的三角戀情，及他由於家庭因素一個人住等等，不能透露的內幕太多。

「不過是見錢眼開的守財奴，別理他。」

我好不容易吐出一句，就像奮力擠出最後一點牙膏。

「你們眞的同一所學校？」

「他不是我們家的！」

我擰著春太的耳朵，轉向渡邊先生，遞出牽繩。

「這隻身價非凡的狗就交給你，請趕快幫牠找到飼主。」

渡邊先生望向別處。只見春太伸手，指著藏獒的脖子。牠戴著堅固的皮革項圈，上面懸掛一個似乎無法輕易解下的鎖。大小和重量不至於造成狗的負擔，可用三位數密碼解開。

那是鈦製的三位數密碼鎖。

「項圈爲什麼要上鎖？」我忍不住發問。

「可視爲一種警告，不准任意解開項圈。」

渡邊先生回答，撫摸著皮革項圈，手忽然一頓。我湊上前一看，項圈上刻有「PIE SIMATA」。不知是羅馬拼音還是英語，實在奇妙。

「沒繫狗牌照，卻掛著奇妙的玩意。」

渡邊先生重複一次「狗牌照」。那到底是啥？

「『PIE SIMATA』……皮耶……西馬塔……？」

我直接讀出來。

「如果是日本式羅馬拼音，這麼讀沒錯，但就算是英語也很怪。會不會和動物診所的病歷一樣，是寵物的名字加上飼主的名字？」

我沒聽過SIMATA這種姓氏，感覺一般人也不會爲狗取名ＰＩＥ。總之，太奇怪了。不管是最近動過牙齒手術、上了鎖的項圈，藏獒的飼主似乎不太尋常。我望向春太，或許他不是爲了錢，只是在會場發現這隻不可思議的藏獒，不曉得該怎麼辦。我稍稍放鬆擰他耳朵的手。

渡邊先生注視著我們，表情轉爲正經。

「確實，當成交換條件滿有趣。配合近年的寵物處境，搞不好能寫出一篇推銷得出去的報導。不過，可能會引發複雜的問題。跟這次大賽中的草壁信二郎一樣。」

「咦？」

「把擁有才能或特權階級的人丟進日常，形同異物。他們會滿不在乎，並且溫和地將周圍的人拖下水，導致周圍的人失去正常的判斷力。」

渡邊先生左右掃視。不知何時，四周聚集許多人。藏獒、數百萬、數千萬、爲了錢——我不禁後悔說出這些話。看熱鬧的群眾裡，一個年紀約小學高年級的辮子少女，和一名疑似大學生的高個子青年走上前。

「……我的狗狗。」

「那是我的狗。」

出現兩名自稱飼主的人。面對意想不到的發展，跪在地上的春太和我不由得瞪圓眼。

「狗是你們撿到的，交給眞正的飼主就行。挺有意思，我就觀摩一下吧。」

渡邊先生在旁邊的長椅坐下，接著低聲道：

「現代的大岡裁判（註）嗎？這樣的報導才值得交易。」

4

正式上場前，我們居然捲入大麻煩。

正午的鐘聲響徹公園。

夏季的太陽幾乎是垂直俯視，我和春太不斷以手背揩拭額頭滲出的汗珠。運送樂器的卡車十二點半到達，必須在那之前返回會場。大家應該吃著午飯，邊等我們回去。

大家……

我怨恨地瞪著在長椅上重新蹺好二郎腿的渡邊先生，實在沒辦法放任這個卑鄙的記者隨意亂來。爲了大家，爲了草壁老師，我和春太得設法阻止他。

渡邊先生喝著瓶裝礦泉水，觀賞這齣奇妙的藏獒騷動。

青年和辮子少女拉扯著牽繩。藏獒不動如山，打了個大哈欠，似乎嫌他們煩。雖然是非日常的情景，卻有著現實的一面。這隻狗是天價——我想起渡邊先生世儈的話。

該怎麼辦？

「欸，剛剛提到的狗牌照是什麼？」

我用手肘推推春太。

「Dog tag，類似狗的戶籍謄本。記載著飼主的聯絡方式和地址。」

「跟車牌一樣？」

「對，通常是在項圈上掛一塊橢圓牌子。」

「我沒看過……」

渡邊先生忽然大聲插話：

「妳說狗牌照嗎？由於看起來很遜，大部分的飼主根本不會掛上。明明一旦走失，那是關係到寵物生死的關鍵啊。因爲沒狗牌照，遭到安樂死的例子多不勝數。在大地震中，

註：大岡忠相（一六七七～一七五一），江戶中期的幕臣，江戶町奉行，以公正的審判廣為人知。其中最著名的是調解二母爭奪一子的糾紛。

不曉得多少狗是這麼死去。」

湊熱鬧的群眾面面相覷，瀰漫著尷尬的氛圍。帶著穿衣服的博美狗的婦人不悅地離去，也有人跟著離開。

「幫你們減少一點觀眾了。」渡邊先生小聲道。

另一方面，青年和辮子少女中間夾著藏獒，散發出險惡的空氣。青年身材偏瘦，穿著褪色的牛仔褲和馬球衫。從外表和印象來看，不像有財力飼養藏獒。但少女也一樣，她一身疑似量販店賣的素面洋裝，搭上樸素的運動鞋。

自稱是飼主的兩人，一直沒呼喚藏獒的名字。最重要的藏獒，也沒親近任何一方。

他們眞的是飼主，還是爲了錢？我忍不住嘆氣。

運送樂器的卡車即將抵達，我雙手用力推春太的背。春太露出沒轍的表情，插進兩人之間，我以爲他要居中仲裁。

「狗是我撿到的，如果你們是飼主，就拿出證據。要是沒證據，我不會交出狗。牠會和我一起生活！」

看著三人爭奪牽繩的景象，我不禁對這個世界心生絕望。藏獒一動都不動，像庭院的假山般蹲踞著，漆黑的瞳眸凝望虛空。對不起，請不要討厭人類，再忍耐一下。

我決定拋下醜態畢露的春太，偶爾認眞地進行思考。既然沒有狗牌照，還有什麼可證明是飼主的東西？

我想到了。

「飼主應該帶著藏獒的散步工具。」

青年和少女同時轉向我。青年遞出托特包，少女伸出大束口袋。我姑且做爲代表，檢查裡面的東西，有鏟子、裝狗糞的塑膠袋，和狗用水壺。我微微皺眉，忍耐著捏起兩只塑膠袋。

「春太，你來檢查。」

「咦，我嗎？」

「快點，就當抵銷你的丟人現眼。」

坐在長椅上看好戲的渡邊先生吹一聲口哨。如果是眞的飼主，裝狗糞的塑膠袋裡，應該有藏獒的排泄物。今天的我特別機靈，不能爲這點小問題浪費寶貴的時間。

春太似乎理解我的意圖，放開牽繩，依序打開塑膠袋檢查。他謹慎觀察的眼睛忽然瞪大，急忙靠近藏獒，審視長長的毛髮。

「春太，怎麼樣？」

「兩邊都裝著沾有一樣的毛的便便。」

「咦！」

什麼意思？青年和少女驚訝對望。

領悟其中的意義時，我汗如泉湧。不是暑熱的緣故，而是有股不祥的預感。純種的藏獒，價值幾百萬到幾千萬圓。異物會滿不在乎，並且溫和地將周圍的人拖下水，導致周圍的人失去正常的判斷力——

渡邊先生指的，就是這樣的狀況嗎？

「回到原點了。小千，有別的方法嗎？」

春太不帶感情，輪流望向青年和少女。眼下嚴重的事態，似乎讓他切換了大腦的開關。

飼主的證明……除了狗牌照以外，我只想得到一個關鍵字詞。

「買狗的時候，沒附血統證明書嗎？」

少女一時無法理解什麼是「血統證明書」，青年率先開口。

「沒有血統證明書，是別人送的。不過，牠的名字叫『派』。項圈上不是刻有英文字母『ＰＩＥ』嗎？」

慎重起見，我以眼神示意春太確認。

「草莓派的派，確實是這麼拼。」

春太重新抓好牽繩低喃。

「這是隻母狗，所以取名派。由於是剛送我的，牠對我還不熟悉，不管怎麼喊都沒反應。可是，藏獒本來就不是很親人的狗。」

這麼一提，我才留意到，原來眼前的藏獒是母的嗎？小派。爲狗取名，也不是不可能。

「項圈上的『SIMATA』呢？」

春太抓著牽繩不放，繼續問。

「哦……那個啊。」

青年好整以暇地掏出手機，迅速以拇指操作後，秀出螢幕。通訊錄裡有一筆資料的名字是「嶋田信一」。

「這隻狗名叫嶋田派。『SIMATA』是我朋友的姓氏，他是前任飼主，可幫我作證。雖然是名貴的品種，但我收到時就沒狗牌照。況且，大型犬的項圈十分昂貴，我便一直使用原本的項圈。」

「前任飼主姓SIMATA？」春太反問。

「對，嶋田讀成SIMATA。」

「一般不是念SIMADA嗎？」

「常有人弄錯，不過確實是SIMATA。職棒阪神虎隊，不是曾有個名投手嶋田哲也嗎？現在是裁判，以前大家都喊他投手SIMATA，不信你去查查。」

我和春太望向渡邊先生。他舉起雙手，比出大圓。隔岸觀火，他倒樂得輕鬆。

「由於讀音特別，我朋友才將羅馬拼音刻在項圈上。這是有意義的。」

雖然口吻落落大方，青年的眼神卻給人浮躁不安的印象。不過，他的解釋十分合理。

他撫著藏獒的背接著道：

「再說，牠早就沒有你們估計的金錢價值。小狗就罷了，牠是老狗，加上獸醫矯正牙齒失敗，害牠受不少苦。」

果真如此嗎？我相當懷疑。日本暫且不論，中國目前景氣正好，可能還是有金主想要，才會冒出兩個自稱飼主的人。

這兩人中，至少有一人撒謊。不是單純的騙子，而是神不知鬼不覺弄來藏獒排泄物和散步工具的惡質騙子。

我和春太轉向始終垂著頭的沉默少女。我注意到她緊握著牽繩不放，手背上有數條小傷痕。

「妳的手……」春太開口。

「咦？」少女總算抬起頭，產生反應。

「手怎麼了？」

「有一次牠咬我，周圍的人都嚇壞了。後來爸爸抓著牠去磨掉牙齒……」

「一旦藏獒凶性大發，傷勢不可能那麼輕。大概是小時候亂啃的毛病沒改掉，並不是對妳有敵意。」

少女默默回視春太，欲言又止，虛弱地閉上嘴。不久，少女啞聲向藏獒道歉：對不起……

「這是妳的狗嗎？」

春太平靜地問，少女點頭，悄聲回答：

「媽媽以前很疼牠。」

「什麼意思？」

「是媽媽給我的狗。」

以前很疼牠？媽媽給她的狗？怎麼全用過去式？

「牠叫什麼名字？」

「養了牠以後，我一次都沒喊過牠的名字，也不曉得有沒有血統證明書。」

聽起來挺不可思議，少女的說詞有矛盾、不合理的地方。春太略微思索，不理會那些疑點，繼續問：

「幾時開始養的？」

「去年……」

「等一下。」青年插話。「這女孩的話很奇怪。況且，母親要送給孩子，通常會挑小狗吧？」

「大概是訓練成溫馴的老狗，母親才會託給孩子。」

見春太替少女幫腔，青年頓時臉色蒼白。

春太撇下緊張的我，跪著與少女對望。仔細想想，這是我第一次目睹春太與孩童相處。他沒將少女視爲孩子，而是當成同樣有軟弱之處的人，平等相待。若是春太……總覺得能夠理解。

春太面向少女，不知爲何語帶責備：

「妳爲什麼沒好好照顧牠？」

少女流露苦惱的神色，用力閉上眼。「根、根本沒辦法啊。今天也一樣，一個不注意，牠就跑走。」

「難不成妳一直在大熱天中找牠？」

少女點點頭，擅自抓住藏獒的春太一臉懊悔。少女似乎十分口渴，汗水滑落太陽穴。

我疑惑地望向青年。

「開、開什麼玩笑，你們懷疑我嗎？我有證人！」青年舉起手機，誇張地聳聳肩，靈機一動又道：「啊，我能打開項圈上的鎖。」

春太皺眉抬起頭，青年接著說：

「正牌飼主應該能解開項圈上的鎖。」

青年推開少女蹲下，轉動藏獒項圈上的三位數密碼鎖。

他只試一次，鎖就「喀嚓」一聲打開。我和春太大吃一驚。

「密碼範圍在〇〇〇到九九九之間，機率是千分之一。」

青年當著少女的面高舉密碼鎖，「喀嚓」一聲又鎖回項圈。

「千夏，手機借我。」春太注視著少女，手伸向我。

我將切換成靜音模式的手機遞給春太。

「打給妳媽媽比較快。聯絡得到她嗎？」

春太想要把手機交給少女，她卻不肯接下。沉默片刻，少女囁嚅：

「……不知道。」

「妳家電話呢？」

少女搖頭，像在拒絕，一臉困窘地後退。

「什麼嘛。」看到少女的神情，青年洋洋得意，跟著遞出自己的手機。「喏，快打給媽媽啊。不敢打嗎？」

少女皺起眉，放開牽繩，蹲下試著解開藏獒項圈上的鎖。可是，再怎麼拚命轉，就是打不開。隨著一次次失敗，少女的臉色愈來愈難堪。

看著這一幕，內心陣陣刺痛。難不成她撒謊？爲何要撒謊？我和春太一樣，比起雄辯滔滔的青年，更想相信笨拙的少女。她手背上的傷是原因之一，最重要的是，她實在坦白過頭。

青年俯視少女，露出寬容的微笑：

「我知道妳很想要這隻狗。每個人都會心生邪念，況且妳還小，我不會跟妳計較。」

「……邪念？我才沒撒謊。這是我的狗，是媽媽給我的狗！」

少女起身反駁。

「妳的話毫無連貫性，不適可而止，大哥哥要生氣嘍。大哥哥還有事，要帶派回家了。」

青年抓著牽繩，想帶走藏獒。少女一時焦急，沒抓牽繩，直接抱住青年的腿拖住他。

咦？我十分驚訝。

「等一下、等一下！真的有SIMATA這個姓氏嗎？就算真的有，對方是大哥哥的朋友嗎？你認識SIMATA KAZUKO嗎？」

目睹意想不到的發展，我不禁感到困惑。SIMATA KAZUKO？

青年納悶地歪頭。「……KAZUKO，是誰啊？」

「我媽媽。送我這隻狗的媽媽的名字。我想見媽媽，我想見媽媽！」

少女雙眼泛著淚光傾訴，青年一臉莫名奇妙。

「不好意思，我不認識叫KAZUKO的女人。」

「騙人，你騙人！」

少女堅持不退讓，青年忍不住咂舌。

「這小鬼搞什麼——」

此時，一道影子迅速蹲到藏獒旁邊。是春太。他匆匆轉動項圈上的三位數密碼鎖。伴隨「喀嚓」一聲，春太居然也一次就成功開鎖。

「我知道鎖的密碼了，提示就在項圈上。猶豫著『ＰＩＥ』該解釋爲羅馬拼音或英語時，我想到一個候補的密碼。『派』的發音，和數學記號的『拍』（π）相同。」

青年完全無動於衷。「π＝三．一四，但不保證三一四就是正確答案。不過，我還是一次就解開。」

青年從春太手中搶過三位數密碼鎖，鎖回項圈上，拉扯牽繩。他顯然不想再待下去，春太一時情急，抓住牽繩。青年的眸中迸出凶光。

「喂，你到底想幹嘛？」

「你有充足的時間預先想好幾個候補，測試密碼。」

「……測試？什麼意思？」

「趁我去表演廳，再回來找藏獒的空檔。」

「眞是意外，說得我像是偷偷摸摸預先準備一樣。」

「我剛才想通，你只有這段時間能弄到藏獒的糞便。你做好萬全的準備，這不是一時心生邪念的程度。」

青年深吸一口氣：

「那麼，公園有目擊者嗎？」

春太默默閉上嘴。半晌後，他從齒間擠出難受的話聲：

「……明知冒犯我還是要說，如果你不是眞的飼主，這樣是違法的。」

青年橫眉豎目，粗聲粗氣地叫喊：

「你指控我是小偷？你不也是半斤八兩？你怎麼不立刻通報保健所或警察？既然會去表演廳，你是參加音樂比賽的學生吧？我可以向主辦單位或學校通報。一旦鬧大，恐怕會造成嚴重的問題。」

春太臉色發白，有些退縮，抓牽繩的手放鬆。青年沒錯過這個機會，以蠻力將牽繩連同藏獒拉過去。

「看樣子，結論出來了。」

渡邊先生從長椅起身走近。他望向茫然佇立的少女，及垮著肩膀的春太，哼一聲，站到青年面前。

「這個高中生說的，是侵占遺失物的罪名。」

渡邊先生出招牽制。青年閉上嘴，咬了咬牙，從牛仔褲口袋掏出折起的便條紙，交給渡邊先生，冷冷道：

「這是我的住址和聯絡方式，行了吧？」

「你準備得眞周到。」渡邊先生意有所指，沒怎麼細看便條，直接放進襯衫胸前的口袋。「能不能請你原諒他？他只是高中生，年輕氣盛，才會無憑無據就懷疑你。」

「……似乎如你所說。」青年撇下一邊嘴角應道。

「不過，我也不是不懂他爲何會有這樣的直覺。」

青年默默回望渡邊先生。

「目睹從未見過的巨款，或許人會改變。要是能脫離現在的困境，不管是再可笑的戲碼，都會不顧一切，扮演到底。若對手年紀比自己小，就更不用說了。此外，有計畫地撒謊時，人往往會饒舌多話，眼神飄忽不定。旁人沒問的事，也會主動吐露。我常在法庭訊問當事人的過程中看到這種情況。」

青年剛要開口，渡邊先生丟出一句「不過……」打斷他，接著道：

「沉默是金，雄辯是銀。然而，謊言說一百遍，便可能取代眞相……我不討厭你這種人。如果沒有根據，一切只是感情論，沒有邏輯或道理可言。比起以爲揮舞膚淺的同情心與正義感就能解決問題的高中生，及輕易放棄重要事物的孩童，更讓人有好感。」

春太後悔似地握拳低下頭。少女束手無策，我也不知所措。

「我、我不曉得你在說什麼，反正我要走了。」

青年握緊牽繩，想強行帶走藏獒。春太剛要行動，瞥見手表，無力地低罵「可惡……」，垂下腦袋。我們沒辦法繼續關心少女，否則會來不及練習。

春太……

哎呀，渡邊先生輕吐一口氣，正要抓住轉身的青年肩膀時——

「抬頭挺胸，還沒結束，不要放棄！」

傳來平常練習中熟悉的聲音、爲我們打氣的聲音，我和春太回過頭。出現在圍觀群眾中的，是一襲禮服的草壁老師。

5

時間就快十二點半。

草壁老師穿著純白襯衫配紅色素面領帶，一手抱著黑西裝外套。黑框眼鏡底下的目光歉疚地游移。

「老師！」

我叫道，像要擁抱般衝過去。春太放心地吁一口氣。

「送樂器的卡車就要抵達，一起回去吧。」

草壁老師的臉上帶著平日罕見的疲勞。渡邊先生毫無顧慮地走過來，擦身而過的瞬間，他的嘴微微一動。

「你居然敢站上舞臺。」

我隱約聽到這麼一句話。草壁老師神情不變，閉上雙眼，轉向少女。

「我看到整個過程了。妳要放棄心愛的狗嗎？」

少女搖頭，睜大的眼裡浮現強烈意志，顯示不願放棄的念頭。草壁老師確認這一點後，轉向警戒的青年。他的姿態有些防備。

「上条同學將這隻藏獒綁在公園，往返表演廳的期間，你確實靠近牠好幾次，觸摸牠的項圈，我就是目擊者。只要時間足夠，你也可預先和朋友聯手，編造出姓SIMATA的虛構友人。沒當場帶走狗，我認爲你還有些良心。」

「你、你含血噴人！」青年憤怒地顫聲反駁。「這是什麼情況？你們是師生，你當然護著自己人。」

「我們各執一詞，繼續僵持也不會有結果。誰擁有狗牌照，這隻藏獒的飼主就不辨自明，你不認爲嗎？」

「……什麼？」

「藏獒的項圈上刻著『PIE SIMATA』，非常古怪。看不出是羅馬拼音或英文，也不能統一爲任何一種。像你那樣穿鑿附會地解讀，未免太牽強。」

「說我穿鑿附會……那怎麼解釋才對？」

「至少不是羅馬拼音。」草壁老師平靜回答。

「那麼，是英文嗎？」

「不，不是英文。」

青年陷入混亂，我也一樣。「PIE SIMATA」，既不是羅馬字拼音，也不是英文，到底該如何解讀？

「只剩下一種可能性。那是圖形，以文字呈現的圖形。」

草壁老師面向少女蹲下，平視著她問：

「能不能告訴我這隻藏獒的名字？」

「咦……」

「藏獒的名字。妳媽媽照顧牠時，都怎麼叫牠？」

「阿爾，牠叫阿爾。我也喜歡阿爾。可是，媽媽在送給我之前，突然替牠改了個名字。」

「什麼意思？」

「媽媽取了一個很難記住又不好叫的名字。如果不這樣，就不能放在家裡養。媽媽說，狗狗繼續叫阿爾，爸爸和奶奶會不高興……」

草壁老師眼鏡底下的瞳眸痛惜似地瞇起。我和春太互望。不能隨便叫狗原本的名字，必須隱藏狗的存在，偷偷飼養，實在難以想像這種處境。我不明白少女的母親在家中的地位。

「除了這隻藏獒，媽媽是不是給妳一本書？路易斯·卡羅（註）寫的故事書。」

草壁老師一問，少女用力點頭。

「是哪一邊的愛麗絲？」

「不是夢遊仙境，是鏡子……鏡中……」

「那本書妳還好好留著嗎？」

「我沒丟，我沒弄丟！」

「……不好叫的狗名啊，有幾個候補。我一個個說出來，猜中妳再告訴我。」

少女赫然一驚：「你曉得牠的名字嗎？」

「大概吧。妳的母親應該爲她的寶貝藏獒取了這樣的名字……」草壁老師背誦似地低喃：「Humpty Dumpty、Jabberwock、Tweedledum、Tweedledee……」

少女瞪圓雙眼：「是第二個的賈巴沃克……」

「妳和媽媽不能想見面就見面，對嗎？」

少女悲傷地皺起臉。「我不曉得媽媽在哪裡，也不能打電話給她。」

「這是妳的狗。」草壁老師站起。「這隻藏獒用特殊方法掛上狗牌照。《愛麗絲鏡中奇遇》中的〈賈巴沃克之詩〉，妳讀過吧？」

少女點點頭，春太恍然大悟般抬起臉。

我只看過《愛麗絲夢遊仙境》，記得帶著懷表的兔子，原來還有其他以愛麗絲爲主角的故事。

「小千，妳有沒有鏡子？」

我從制服口袋取出攜帶式小手鏡，遞向春太，再由春太交給少女。接著，少女奔向藏獒，藉著小手鏡倒映出項圈上的文字，眾人圍上前。一陣屏息中，頭頂傳來草壁老師的話聲：

「將項圈上的『PIE SIMATA』倒映在鏡中，就能解開謎團。『ＰＩＥ』顛倒過來，看起來就是『３１４』。不過，這不僅僅是用來解鎖的。

· PIE　→ 314
· S　→ 2
· IMATA　→ ATAMI

『PIE SIMATA』倒映在鏡中，鏡像文字就是『ATAMI 2314』——『熱海２３１４』。這是隱藏版的狗牌照。母親在藏獒身上留下唯有妳才能解讀的狗牌照。既然留下狗牌照，表示保健所登記的地址沒變。除非註銷登記，否則資料會一直保留。除了藏獒以外，這是母親爲妳留下的寶貴路標。」

「熱海２３１４……」少女複誦著。

「對，記起來吧。等妳進入青春期，需要母親的幫助時，就會明白其中的意義。不妨帶著這隻藏獒一起去找她。」

少女不斷複誦「熱海２３１４」，彷彿要烙印在心中。她緊緊握住繫著藏獒的牽繩，

註：路易斯·卡羅（Lewis Carroll），查爾斯·道奇森（Charles Lutwidge Dodgson，一八三二～一八九八）的筆名，英國作家及數學家，以《愛麗絲夢遊仙境》與《愛麗絲鏡中奇遇》聞名。

再也不放開。

我和春太懷疑地望向青年。青年目瞪口呆，僵在原地。渡邊先生拍拍青年的肩膀，青年猛然回神。

渡邊先生從襯衫口袋取出寫著青年聯絡資料的便條，塞還給他：

「這是張廢紙，反正馬上就找不到人了吧？」

青年表情僵硬，回視渡邊先生。

「對一個孩子，你做得太過火。不要變成我這種壞蛋。」

一道淩厲的聲音在耳邊輕喃，青年頹然俯首，踩著搖搖晃晃的步伐離開。

互道再見後，我們目送少女和藏獒離開。

少女頻頻回頭，不久便握緊牽繩，和藏獒一起跑了出去。

「她的雙親在進行離婚調解吧。」

渡邊先生站在草壁老師身旁，忿忿低語。

「孩子似乎是歸父親。雖然不清楚情況，但條件對分居的母親非常不利。」

不管是住址或聯絡方式，都不能告訴孩子……

這麼殘忍地拆散一對母女，實在難以想像。

賈巴沃克……這不僅僅是爲了在父親家中飼養母親的愛犬，刻意取的拗口名字。其實是母親費盡心思想出的重要暗號，以備少女不時之需。

沉默半晌，我聽見渡邊先生的咂舌聲。

「『PIE』倒映在鏡中，就像數學符號π的頭三位數『314』。十幾年前，我曾在美國知名的科普作家馬丁．迦德納（註）的報導中看過，相當吃驚，卻沒能瞧出狗牌照的玄機。」

他踩出腳步聲，來到我和春太面前。自貶爲壞蛋的渡邊先生默默笑著。

「很團結是嗎？」

草壁老師一臉納悶，我和春太縮起肩膀。

「約定就是約定，今天我放你們一馬。」渡邊先生轉身離開。

「你要去哪裡？」草壁老師開口。

「告訴她怎麼詢問保健所比較好吧。」

渡邊先生拋下我們，追上少女和藏獒。

「居然走掉了，搞不好他是個好人。」

春太嘀咕著。我放心地吁一口氣，忽然想起陽光多麼熾烈，伸手遮擋。透過指縫可窺見太陽。

如此這般，地區大賽正式上場前的騷動落幕。

註：馬丁．加德納（Martin Gardner，一九一四～二〇一〇），美國知名業餘數學大師、魔術師。曾為《科學美國人》雜誌開設數學遊戲專欄，為時二十多年。

我抬眼瞄向草壁老師。你居然敢登上舞臺——渡邊先生剛剛是這麼說的。不曉得過去發生什麼事，當下的氣氛讓人不敢多問。

我只有這項能力，才會緊抓著不放——今年春天草壁老師吐露的話，伴隨令人心痛的語氣在耳畔復甦。

不久，垂著目光的草壁老師掀動嘴唇：

「那個記者問了什麼關於我的事嗎？」

我和春太搖頭。猶豫片刻，草壁老師彷彿下定決心，準備開口。

然而，春太斬釘截鐵地打斷：

「大家都在等老師。」

沒錯，社員應該在搬樂器。我和春太沒回去，大家想必不只擔心，而是氣瘋了，一定會喝令我們達成三十秒內吃完午飯的不可能任務。

下午一點進行合奏練習。藤咲高中的堺老師給予我們的機會，沒有草壁老師就無法運用。管樂社的夏天剛揭幕，爲了踏出第一步，我大大深呼吸。

「快走吧！」

遠方草地上，芹澤正在尋找我們。於是，我用力拉住草壁老師的胳臂，朝她揮手。

鄉土建築

平靜的日常在哪裡？

我相信唯有一點一滴，累積小小的忍耐，才能得到平靜的日常。

自從懂事以來，那傢伙就不懂得何謂忍耐。

因爲他是四個孩子裡的老么，備受寵溺的緣故嗎？他在父母的驕縱下長大，不聽管教，凡事不如己意，就抓狂發飆。給他撲滿，從沒存滿過。

每次他惹出麻煩，校方便找父母過去。有一天，父母像斷了線，放棄對他的執著，關心起上頭的兄姊。棘手的保母工作，便落到我身上。

幼稚園是壞孩子，小學也是壞孩子，國高中一樣沒救，矯正不過來。

聽到他母親這番粗暴的論斷，我十分排斥。

周遭的人漸漸視那傢伙爲包袱，我一直奉陪著他的任性，努力找出他的優點稱讚，有時會動手狠狠教訓他。數不清多少次，四處尋找憤而離家出走的他，不管是寒冬或三更半夜……我不禁覺得自己太寬容。

不過，我受夠了。

他破壞我逝去的老婆的佛壇，從我的皮夾裡偷錢，這次我絕不原諒他。那傢伙察覺我的憤怒，跟我保持距離。我們僵持好幾天，好幾個月。

電視播報的一則新聞，打破膠著的狀態。散發白銅色光輝的桐花……我目不轉睛地盯著映像管電視，忽然想到一個壯大的計畫。我準備進行這輩子最後一項大工程。大功告成後，要怎麼交給他？在我臨死之際，是最佳時機吧。該如何告訴他？他讓我吃這麼多苦，往後恐怕也得吃苦，惡整他一下不爲過吧？

他會怎麼看待我留下的榜樣？我現在就忍不住想笑。

……是啊，雖然不甘心，但會考慮到這些事，就證明我還是太疼他。

往後需要一點一滴忍耐的日子，不曉得會爲我們的關係帶來什麼變化。唯有這一點，我敢斷定。

實在令人期待，我的內心湧出活下去的希望。

1

日曆上顯示爲八月四日。

從校舍窗戶探頭仰望，南方水平線上聳立著純白色的巨大積雨雲。我們學校靠海，萬里無雲的天空下，老鷹和烏鴉爭奪地盤似地吵吵鬧鬧。當然，烏鴉屈居劣勢，但該說是堅忍不拔，還是死守不退……總之牠不肯放棄。野生的世界眞是艱辛。

嘎嘎嘎嘎，學校牆壁傳來電鑽的鑿洞聲。

嘰嘰嘰嘰，劈哩啪啦，咚，嗶唧！

是學校布告欄上公告的耐震補強工程。暑假開始前，一直是偷偷摸摸低調進行，但一進入暑假，就投入大量工人，追趕進度。他們拆下外牆，裝設補強建材或零件，可看出原來外牆與內牆之間還有空間，我終於明白老鼠親子爲何會出現在校舍四樓的音樂室。老鼠這種生物的體能驚人，輕輕鬆鬆便能跳到與我同高，嚇得在場眾人全部腿軟。

這幾天，年輕工人閒下來會到音樂室瞧瞧，或暫時停下工作，聆聽校舍傳出的演奏。他們似乎跟春太混得很熟，不曉得春太是怎麼籠絡他們的。昨天他們送了冰棒和果汁過來，不知爲何還有米和罐頭。

預備，衝！

提早結束上午的練習，用過午飯後，我們匆匆刷牙，急急忙忙將樂器搬到體育館。特別笨重而巨大的打擊樂器以毯子包裹，小心搬運。

——咦，地區大賽的結果嗎？

成績在當天入夜後發表。片桐社長領取獎狀，緊張的模樣令人印象深刻。

沒錯，我們的夏季並未在地區大賽止步。

話雖如此，從地區大賽到縣大賽，間隔不到一星期。

四天後就是正式比賽，時間迫在眉睫。酷暑考驗著體力和精神力，我們連日辛勤練習。

演奏的曲目是柴可夫斯基〈第六號交響曲　悲愴　第一樂章〉。對音樂稍有涉獵的人，或許會疑惑明明是B部門，爲何選這首有點嚴肅的曲子。顧問草壁老師將表現悲傷的現實與夢想，動輒伴隨陰暗絕望的音色的樂曲大膽改編。簡單地講，變得毫無陰鬱和悲愴的感覺，但也不凶猛或粗暴、低俗，反倒具備高中生不可思議的青春洋溢。因此，我們才能在地區大賽中，同心協力呈現強而有力的演奏。後來聽說，〈悲愴〉原本的標題是俄文「Pateticheskaya」，意思是打動人心的熱情或感情。這十分符合草壁老師的風格，日文翻譯大概反映出日本人喜愛卡通《龍龍與忠狗》的國民性格。

長年以來，我們學校總在預賽鎩羽而歸，能夠往縣大賽前進一步，無非是報名地區大賽的二十六所學校中，有十所得到金牌——光是這樣就很困難了，更重要的是震撼人心的編曲，及部分成員的超群演奏力。所謂的部分成員，是指管樂老鳥春太、成島和馬倫，還有今年新加入的後藤和界雄。

然而，接下來的路程，以現在的實力是不行的。熟練度相差太懸殊，整體演奏不平衡，像我這種高中才接觸管樂的成員，必須提升實力。其他學校也有高中才接觸粗管上低音號，就在大賽中獨奏的學生。

咦，我的長笛有沒有長進嗎？

潛入其他學校、被強行帶到東北、上報、在地區大賽正式上場前還跟狗廝混，根本是全力繞遠路過了頭——這樣的指責天經地義。可是，全力衝刺過度，有時候也可能搞錯路嘛。有啦有啦。反正目標不變，從未迷失，就當我是成功機率逐漸攀升的大器晚成型吧。高中只有三年，但包在我身上！因爲我的一天和小學生感覺到的一樣漫長。

總之，我們整理出地區大賽中該檢討之處，及在縣大賽前需要改善的地方，在時間允許內，每天不斷修正。

把樂器搬到體育館舞臺後，我們忙碌地迅速擺好折疊椅和譜架。因爲人數少，位置調整起來還算輕鬆。縣大賽前的幾天，從中午到下午三點，我們可使用體育館的舞臺。體育館一向遭到籃球社與排球社占據，之前與他們的談判觸礁，但我們在地區大賽的表現獲得肯定，他們總算願意禮讓。不過，不是每天都能用，日期和時段都不同。縣大賽的前兩天借得到場地，幫助極大。

學校沒有空調，盛夏期間我們將窗戶全部打開，只是音樂室位在四樓，聲音容易散掉。分部練習也就罷了，全體練習時難以聽出整體性。或許是校舍在興建過程中偷工減料，沒做好隔音。要是強忍酷暑，關上音樂室的窗戶，聲音又會反彈得亂七八糟。雖然我們沒資格抱怨，但在體育館的舞臺上練習，比較容易抓到正式上場的感覺。

爲了我們，草壁老師的襯衫往往汗涔涔。

（──五年前，他被譽爲古典樂界的時代寵兒。應該拋棄一切輝煌經歷的草壁信二郎，以一介無名地方高中的管樂社顧問身分，即將再次登上舞臺。）

我想起在地區大賽遇到的渡邊先生的話。

明年我們想報名A部門，以全國大賽爲目標。管樂的醍醐味就在於大編制，希望能站在更上一層樓的大賽舞臺。愈沒有勝算愈令人振奮，目標愈困難，我們愈有幹勁。

春太理解我有勇無謀的心願。至今仍喊我「小千」的春太，直到六歲都和我是鄰居，也是兒時玩伴，我們高中才重逢。春太的家庭環境有些特殊，他與家人分開生活，獨自住在一棟屋齡三十年，月租一萬兩千圓的破公寓。

暑假的練習，從六點的晨練開始。一天八小時，再加上自主練習。對於從瀕臨廢社起步，不論長幼上下關係，也沒有嚴格規律的我們，過度的練習量逐漸成爲負擔。

坦白說，從地區大賽前，大家的神經就繃得太緊，隨時可能爆炸。其實大家都有一堆其他想做的事，也想去逛街、去海邊玩。爲了實現巨大的目標，每個人都付出一點忍耐。每當汗珠滴落地板，我就體認到這個事實。

在這當中，一名意外的人物造訪學校。

人如其名，她像一陣吹散暑熱的風般現身。

2

體育館一樓只有我們，二樓的道場傳來柔道社的呼喝聲。大家在舞臺上，各自吹奏著。

「不好意思，讓大家久等。」

草壁老師從職員室回來，今天也沒說什麼，直接舉起指揮棒。眾人一陣緊張，正襟危坐，同時吸氣。

模擬正式上場的全體練習展開，體育館的氣氛驟變。我們演奏的〈悲愴〉以相對較小的音量起始。至於有多小，以交響樂爲例，相當於將五線譜記號中縮寫爲「p（piano）」的弱記號，變成「pppp」極端地小。最初由片桐社長的小號內斂演奏，因此是馬倫的中音薩克斯風逐漸浮現的構圖。高音是木管——馬倫的中音薩克斯風，中低音是銅管——春太的法國號和後藤的低音長號率先支撐，而界雄正確刻畫節奏的定音鼓成爲眾人的心臟，成島再以接近人聲的雙簧管將主旋律推到前方。

我的長笛努力跟上。這樣的改編樂曲，其實需要雙簧管、長笛、單簧管的木管三重奏一起調配出冶豔的樂音。不遜於成島的單簧管手……我想起拒絕加入管樂社的芹澤。

長笛是立奏，吹奏時必須從頭站到尾。國中時代經過排球社的鍛練，我一直全靠體力支撐，最近學會不費多餘力氣吹奏長音、音階和運舌的方法。然而，技術並未提升，失誤還是一樣多，但我把重點放在失誤後如何恢復如常。

我不再表面地解讀樂譜。如今我需要的是表現力和想像力——此刻我充滿喜悅，知道自己能繼續工作，開心不已。你一定無法想像我有多麼歡喜吧。草壁老師告訴我們，這是柴可夫斯基在創作〈悲愴〉時寫給姪子的信。我就滿懷喜悅和夢想來吹奏吧。

一吹錯音，我就會和草壁老師對望。草壁老師徹底掌握大家每天註記的樂譜。不能畏縮，不能因爲猶豫，吹奏出突兀、像冷風鑽進來的音色。我沒忘記堺老師的忠告：觀眾和評審聽的是包括失誤在內一整個連續的演奏。

噗呼！

演奏到一半，突然冒出殺豬般的怪聲。怎麼？剛才那是什麼？草壁老師露出驚訝的表情，但沒中斷演奏，繼續指揮。老師聚焦在一點。成島微微側著臉，我集中心思運指，邊偷偷循著那視線望去。其他也有好幾對眼睛，搜尋犯人似地咕嚕亂轉。

春太吹偏了法國號的泛音。

我第一次看到他在全體練習時犯下這麼嚴重的失誤。在管樂社，他的演奏水準媲美馬倫，而且早把譜整個背起來。此刻，他顯然驚慌失措，萎靡到窩囊，不停吹錯音，淚水在眼眶打轉。草壁老師瞪著春太，卻沒停下手中的指揮棒，打算讓大家演奏到最後。

曲子後半，與低音纏鬥的我忽然注意到一件事。草壁老師後方，遠處的體育館入口，一名陌生的成熟女子倚在門上。臉蛋嬌小，八頭身，穿著高雅的套裝，微微交抱雙臂。她是從什麼時候站在那裡的？

她一動也不動，聆聽我們演奏。

噗呼！

噗叭！

七分鐘的演奏終於結束，草壁老師放下指揮棒，似乎察覺身後有人，於是回過頭。女子輕輕頷首，離開體育館。那纖細的腰線牢牢吸引爲數不多的男社員目光。倒也難怪，那宛如從時尚雜誌走出的外貌，明顯與這所學校格格不入。

我兀自納悶。她的長相有些眼熟，搞不好是在哪裡認識的人……

重新開始合奏後，春太仍繼續打亂眾人的節拍。

「上条同學到職員室來。」

全體練習結束，片桐社長和界雄緊緊抓住反抗的春太雙臂。春太像遭捕獲的外星人，腳尖拖過地面被帶走。

老師生氣了？一定生氣了吧。不是當著大家的面，而是私下斥責，情節非同小可。不過，這都要怪春太自己。

我偷偷問在收折疊椅的成島：

「剛剛演奏時，門口有個穿深紅色套裝的女人吧？是誰的朋友嗎？」

「哦，妳是指那個很適合酒紅色套裝的女人？」

啊，原來那是酒紅色，發現時尚用語。以前我說口紅，別人曾若無其事地糾正爲唇膏。

「長得滿漂亮，是個美人。」成島不帶感情地說，似乎沒什麼興趣。

「難不成是想調查老師的記者？」

馬倫雙手拿著折疊椅低語，我想起在地區大賽遇到的渡邊先生。我實在不會應付那樣的大人。莫名有種預感，又會在比賽中再見到他。

「倒是上条同學，演奏到一半就整個崩潰。走音得那麼厲害，幹嘛不乾脆離開體育館。」

成島有時會冒出辛辣的言詞。我點頭也不是，搖頭也不是，曖昧地晃動。

籃球社開始熱身，彷彿在催我們快點，我們急忙收拾。雖然是老樣子，但我們女社員不太敢自行把打擊樂器搬到校舍四樓，幸好片桐社長和界雄很快回來，我鬆一口氣。「春太呢？」我一問，兩人同情地搖搖頭，所以我沒再追問。

合唱團正在使用音樂室，眾人分頭將樂器搬到音樂準備室。回到放置個人物品和貴重物品的社辦，時鐘已指著下午三點四十分。

八小時的集體練習結束，接下來是自主練習，可自由回家。後藤等一年級生拿著樂器，到附近公園去找地方練習。雖然想留在校舍，但現實不容許我們這麼做。昨天我們待到晚上九點，遭其他老師警告。大家都想避免相同的狀況發生。

片桐社長要準備考大學，成島與父母有約，今天已先回家。其他社員也單獨或結伴尋找練習地點，不然就是回家。

留在社辦的，只剩下馬倫、界雄和我。

我看著春太的包包心想，不如大夥一起等他回來吧。

前前後後一小時，我們三個人一塊讀譜，反覆聆聽全體練習的錄音帶，邊等待春太。外頭還很明亮。怎麼辦？我問馬倫。這時，教室門突然打開，一臉疲憊的春太出現。

「難道你們在等我？」

春太淚濕眼眶，不料有人罵一聲「擋路」，踹他的背。春太趴倒在地，緊接著，伴隨高跟鞋的清脆聲響，剛才的女子走進教室。雖然隱隱約約，但室內瀰漫宜人的香氣。雙眼皮分明、鼻梁高挺，白皙臂膀露出酒紅色短袖套裝的袖口，A字裙在她身上顯得極合適。亮麗的長髮綁成一束，容貌宛如美女模特兒範本。

正面看到她，我仍不覺得她是陌生人。我應該認識基因與她相似的人，視線自然而然轉向春太。

「春太，這位是……」

「我姊。」春太從地上爬起。

「你姊？」馬倫和界雄大吃一驚。

姊姊嘆一口氣，不耐煩地從皮包取出鋁製名片夾，分發給大家。名片正面印著「篠田建築事務所　一級建築師　上条南風」。

「MINAMI……小姐？」界雄從名片上抬起頭。

「……哦？」姊姊的口吻有一股不讓鬚眉的霸氣。

「『南風』是俳句的夏季季語，讀成『MINAMI』。」

界雄客氣地應道，南風姊狀似佩服地點一下頭。

「你古文很好？」

「不，我留級過。是阿米奶奶教我的。」

「你是奶奶帶大的？這年頭挺難得，你叫什麼？」

「檜山界雄。自然界的界，雌雄的雄。」

「世界的界，英雄的雄啊……不管闖蕩世界任何一個地方，都能有一番成就的名字。」

界雄一臉羞赧，兩人握手。

「呃，那是玫瑰香水嗎？」

換馬倫插話。

「唔，你年紀輕輕，還挺內行。」南風姊回答。

「內行的是家母，她認爲香水具備塑造人格的力量。」

南風姊瞇起眼點點頭：「你叫什麼？」

「馬倫·清。請叫我馬倫。我父母是美國人，我是養子。」

「……清是名字吧？」

「是的，妳眞清楚。」

「算是入鄉隨俗嗎？不過，清這個名字不管在美國或亞洲，聽起來都十分悅耳。你有一對很棒的父母。」

馬倫靦腆微笑，兩人互相握手。

等等等一下！你們是超級高中生嗎？而且，情勢怪怪的。我也得說什麼才行嗎？無法引起南風姊的興趣，連自我介紹的機會都沒有嗎？

「爲爲爲什麼要發名片給我們這些高中生？」

我開口了，我發言了！這麼一提，地區大賽時，渡邊先生也劈頭就發名片給我。大人的世界都是如此嗎？

「哎呀，小千，好久不見。」

南風姊露出花朵盛開般嬌豔的笑容。

「南風姊記得我……」

一時安心，我差點落淚。

記得我跟春太上同一所幼稚園，南風姊有時會陪我們玩，或買糖果給我們吃。當時南風姊念高中，聽說她現在一個人住在東京都內。

「十年不見，妳出落得亭亭玉立。」南風姊彎起食指，指背抵著嘴唇，眼角含笑。

「亞實和冬菜似乎去妳家打過招呼。」

我用力點點頭。

「春太有其他姊姊？」

界雄在我耳邊低問，我朝他頷首。沒錯，春太有三個年紀相差許多的姊姊。長女南風，次女亞實，三女冬菜。她們把幼稚園大班的春太推下河、把他頭髮剪成像《帶子狼》裡的大五郎（註）、撒謊拐他去派出所，甚至硬抓他一起打麻將，弄哭他。這些姊姊對春太的人格造成複雜的影響。簡而言之，姊姊們個性太奇特，害春太對女人失望透頂。

不過，照顧春太的也是這些姊姊。由於工作需要，春太的父親走遍全國各地，經常搬家，而母親必須陪伴不良於行的父親，雙親幾乎都不在家。

「對了，妳提到名片。」

南風姊思索片刻，簡單針對名片說明。

「是啊……就當成顏料吧。在你們眼中，初次見面的我，像一面空白或灰色的畫布吧？把名片當成描繪社會形象的工具就行。」

「這樣啊。」我應道。

「妳們的顧問草壁老師也有名片，以教職員來說滿稀罕的。」

總覺得可以理解。當時管樂社成員不到十人，草壁老師運用以前的樂團人脈，積極走出校外，接觸各種團體和學校，爲我們爭取演奏機會，或許需要名片。

咦，等一下。

「南風姊見過草壁老師嗎？」

「嗯。春太受草壁老師關照，我去打過招呼。」

我望向春太。這傢伙平常是個大嘴巴，卻久久沒吭聲，一臉蒼白地坐在椅子上，渾身發抖。他這麼怕姊姊嗎？

「南風姊今天來有什麼事？」我繼續問。

「哦……我對管樂有點興趣，想看看春太學習的環境。」

怪怪的，南風姊的話有些不自然。那不自然的程度，好比獅子突然跑進珍惜地分享尤加利葉的無尾熊群中，表示：「我對爬樹有點興趣，希望能觀摩一下。」

「呃，妳眞的對管樂有興趣嗎？」

我居然說出來了。

「唔，坦白講，我是個大外行，聽不出你們學校的管樂社水準。依我剛剛的感覺，雖

註：《帶子狼》是小池一夫原作，小島剛夕作畫的漫畫作品，於一九七〇～一九七六年間連載。大五郎是主角的兒子，留著只有劉海、兩側及後腦束髮，頭上光禿的髮型。

然人少，但在遠處聽來聲音滿平均的。」

南風姊望向窗外，低聲繼續道：

「那麼，春太有希望嗎？」

南風姊指著垂頭喪氣的春太，更明確地問：

「老實告訴我，你們認爲春太有音樂才華嗎？」

我們三人面面相覷。突然丟出這種問題，我們不曉得該怎麼回答。確實，春太的法國號吹得很好，但談到有沒有才華，就要另當別論了。

「……我認爲有。」馬倫含蓄地表示。「雖然我不是非常確定何謂音樂才華，但我認爲春太有持續投入音樂的才華。」

「意思是，他對自己的能力高低十分遲鈍？」南風姊壓低嗓音反問。

「是的，請正面地去解釋。」

「原來如此，這一點的確重要。尤其是高中生的社團活動，才華並非必要條件。眞是的，我們姊弟都少根筋。」南風姊吁一口氣。「其實，昨天春太聯絡我，要求資助。他想搬出公寓。」

咦，我大吃一驚。

「你要搬家？什麼時候？」

我忍不住逼問春太。距離縣大賽只剩下四天，居然在這節骨眼做出如此重大的決定，未免太倉促，或者說根本不曉得在想什麼。況且，他竟敢瞞著我……

南風姊瞪著春太，像是催促「接下來你自己解釋」。春太喉嚨發出咕嚕一聲，從包包取出小型望遠鏡。那是今年春天在學校屋頂上用過的。

他到底要幹嘛？

春太走到社辦窗邊，朝我招手。我走過去，他把望遠鏡遞給我。我將望遠鏡對準春太指示的方向，看見體育社團的社辦大樓。不是那裡，往右一些。我依他的吩咐調整方向，慢慢調高倍率，看到舊校舍的後院。

在草叢的掩護下，有一片如《魯賓遜漂流記》般的生活痕跡。那裡悄悄搭起帳篷，有用來炊煮鋁飯盒的混凝土塊，樹枝上吊掛繩索晾晒衣物，還繫著一隻生物社養的雞。

有人入侵暑假的校舍，定居在後院？討厭，不會吧……

「其實我被趕出公寓，住在那裡。」

聽到春太的告白，我差點當場虛脫。

「你這個管樂社之恥！」

我揪住春太的衣襟，猛力搖晃。春太的頭像斷了莖的向日葵般前後搖擺，在窗邊用望遠鏡窺看的界雄哈哈大笑。

「小千，這是有理由——」

「給我拿炸彈來！炸掉帳篷，我陪你一起死！」

「穗村，妳冷靜點。」

馬倫從背後架住我，我調整凌亂的呼吸。原來是這麼回事。

所以春太才會和工人混得這麼好。當然會好。工人居然送米和罐頭給他，我就覺得奇怪。

南風姊逼著春太跪坐，他結結巴巴說明來龍去脈。

春太原本棲身在屋齡三十年、月租一萬兩千圓的破公寓，但房東幾經考量決定拆除，並提前詳細告知房客。其他住戶都已搬走，只有春太賴到拆除當天，然後失去住處。這是地區大賽三天前的事。他的生活一片慘澹，看到藏獒像撿到寶，理由就在於此。

「草壁老師知道這霹靂誇張的情況嗎？」

界雄放下望遠鏡，忍著笑問。南風姊交抱雙臂回答：

「剛剛已在職員室告訴老師。怎麼講，學生超乎想像的荒誕行徑，害他震驚過度，那表情眞是一絕。現下他在保健室稍作休息。」

我打心底同情草壁老師。

「啊，原來如此。」下巴輕擱在拳頭上想事情的馬倫突然開口。「今天雖然失誤得離譜，但這幾天上条進步得非常快，我還有些納悶，不明白是在哪裡拉開差距。」

「畢竟他等於是天天在集訓。同時合理地解決兩個問題，說像春太的作風，也確實沒錯。」

南風姊冷靜分析。咦，是這樣嗎？那我也想一起住帳篷，洗澡在泳池將就無妨。

春太跪坐著，頭垂得低低的，像在深切反省。我有那麼一絲絲理解他的心情。爲了縣大賽，我們團結一致努力練習。原本社員不足，連地區大賽都無法報名的管樂社，正準備突破縣大賽，挑戰東海大賽參賽權。一旦創下佳績，或許在高中放棄管樂的學生會回心轉意，重新考慮加入，明年也可能吸引許多新社員，到時就得以報名能晉級全國大賽的A部門。春太根本無暇搬家。

不不不，等一下，就算是這樣，在校園過起戶外帳篷生活，還是不對吧？

「你怎麼不回老家？」馬倫率直提出疑問。

「對啊。」

界雄後知後覺發現這個過於天經地義的解決方案。

春太尷尬地保持沉默。總不會是單純不想回家吧？我望向始作俑者之一的南風姊，她事不關己地別開臉。

春太的老家，住著插畫家亞實和整骨師冬菜。

雖然長女離家獨立，具威脅性的次女和三女仍在家裡。我曾耳聞，她們一個月的酒錢超過十萬圓。站在我的立場，希望春太無論如何都要離開老家，普普通通地喜歡上女孩，放棄我單戀的草壁老師。

南風姊嘆一口氣，走過來：

「回到資金援助的話題。半年沒聯絡，一聯絡居然是要錢。噯，想想春太的個性，恐怕是努力到最後一刻，都設法自己解決吧。」

我咬著指甲，在腦中梳理狀況。春太應該會從家裡拿到基本生活費和一半房租。不過，這樣依然不夠，所以他每個月不定期當附近的小學生家教幾次。他住的是便宜的公寓，勉強過得下去，但最近爲了贏得大賽加緊練習，根本沒空打工。

「看在他努力練習的份上，我找亞實和冬菜商量，決定各出一點錢資助他。一個不成材的弟弟，我們還養得起。」

聽到南風姊菩薩般的話語，春太詫異地抬起頭：「咦……」

「最重要的是門面。眞是的，我忙得很，特地向公司請有薪假過來。今天得去房屋仲介公司找到住處。我取得草壁老師的同意，視爲最優先事項。」

噢，我懂了。南風姊今天是來當保證人的。

春太急忙著手收拾。等待期間，南風姊困擾地緊盯手表。我跟著望向教室的壁鐘。

「來得及嗎？」我擔心地問。

天色還是亮的，但快下午五點了。

唔，南風姊斂起下巴，似乎在煩惱怎麼回答。

「其實我預定上午過來，不料臨時有事，現在才開始找有點遲。我透過大型房仲商朋友和網路先挑出幾間候補，但正值八月，時機不佳（註）。」

我有預感，又得費一番工夫。南風姊打算掏出香菸和攜帶式菸灰缸，想起校內禁菸，手又收回去。

「不曉得會搞到幾點，你們不必陪同。不好意思，把你們留到這麼晚。」

我們三人互望。依南風姊的個性，可能會堅持找到住處。雖然想幫忙，但今天我十分疲憊，希望回家休息，再繼續練習。回家後的練習，我都是坐在母親的車裡，打開冷氣盡情吹奏長笛，就不會吵到鄰居。

嗯，回家吧。

眾人有志一同，拎起隨身物品。剛要關上教室拉門，馬倫轉頭問：

「萬一今天沒找到怎麼辦？」

「用逼的也要帶他回家。不過，草壁老師表示，解決問題前，他可以收留春太幾天。」

「咦！」春太雙眸發亮。

「不行！」我當場慘叫。

不曉得內情的馬倫和界雄愣住。

「你們幹嘛那麼激動……」南風姊有些困惑。「雖然老師很照顧學生，也不能把他捲入我們亂七八糟的家務事。」

我推開春太，抓住南風姊的手，用力握緊。

「沒錯，我嚴正反對春太住在老師的家。」

南風姊一怔，眨眨眼。「妳要幫忙？」

「我突然感到活力充沛，會用心尋找理想住處。」

註：日本一般在四月展開新年度，因此搬遷、空房都集中在這個時期。

「有小千這麼體貼可愛的青梅竹馬……春太實在幸運。」

南風姊由衷感動。南風姊，妳可是要讓春太和他的心上人住在同一個屋簷下！雖然不相信會發生這種情況，但要是出什麼差錯，該怎麼辦？這些話打死我也不能說出口。

站在一旁的春太垮下肩膀，無話反駁。他像燃燒殆盡、化成灰屑的拳擊手，頹喪地垂著頭。

「穗村，不好意思，我很久沒跟爸媽一起吃晚飯，今天或許能相聚，得先走一步。」馬倫一臉抱歉，和南風姊握手後離去，動作洗練自然。身爲日本人，眞想效法一番。

界雄留在拉門前。怎麼？不回去嗎？

「你是界雄吧？沒必要連你都來作陪啊。」南風姊十分客氣。

「南風姊有門路嗎？」

界雄低聲問，南風姊瞇起眼。

「聽你的口氣，是有什麼門路嘍？你熟悉這一帶的租屋市場嗎？」

「我父親有個朋友是房仲商。雖然是小店，但跟我們家寺院差不多老，租屋的情報網應該能信任。」

「原來你家是寺院？」

「嗯，信徒不多，但打交道的時間很長，在長輩圈的情報網也非常強大。」

「太讚了，我們馬上出發。」

南風姊瀟灑轉身。

3

離開校舍之際，我詢問快步走在前頭的南風姊報考建築師的理由。

好像沒有明確的理由。她說只是選擇符合大學念的科系、不愁沒飯吃、能夠自力更生的職業。

南風姊的側臉露出寂寞的微笑：

「大概是我從以前就很嚮往『紮根在地的日常生活』吧。我的建築思想，缺少草根的、鄉土的、根植在當地呼吸的特質，可能與我不停搬家的人生有關。看著故鄉的街景，我不禁這麼認爲。全國我住過的地方中，這裡也是回憶格外深刻的小鎮……

小千，家是很重要的。可以回去的家，必須是獨一無二。家是爲了自己而打造，不是爲了別人。這是我個人的看法。」

跟在南風姊身後，我暗暗想著，畢竟現實與理想不同，感覺南風姊吃了不少苦。

南風姊看似強悍，但強悍的人，或許只是拚命隱藏軟弱的一面……

南風姊把車停在學校前面。那是輛車身很低的純白色轎車。從擋風玻璃看進去，黑色與紅色的粗獷座椅十分搶眼。

「是本田的CIVIC TYPE R。」

界雄目不轉睛地端詳，發出羨慕的讚嘆。南風姊打開駕駛座，脫掉高跟鞋，換上運動鞋。

「動作快，上車吧。」

界雄坐副駕駛座，我和春太坐後座。界雄報出認識的不動產商的大略地點，南風姊設定汽車導航。

「距離這邊十分鐘，滿近的。」南風姊戴上駕駛手套。

「用走的也不遠。」界雄繫上安全帶。

「關掉ＥＳＣ（電子車身穩定系統）好了。」

南風姊低喃著陌生的英文單字，打到一檔，車子發出雄壯的引擎聲，及嘰嘰嘰嘰的輪胎慘叫聲，猛然向前衝。「噫！」我和春太倒抽一口氣，背貼在椅背上。南風姊熟練地繼續打到二檔、三檔，每換一次檔，車子就衝得更快。當車子驚險超越前方卡車時，我聯想到遊樂園的雲霄飛車。

「啊、呃，南風姊……不管怎樣，這車速不會太快嗎？」副駕駛座的界雄顫聲問。

「還夠聽一首歌吧。最近我發現很棒的曲子，是我出生時流行的偶像團體，叫什麼柿子的（註）。」

南風姊根本沒在聽別人說話，兀自按下ＣＤ播放鍵。「放棄無謂掙扎～世紀末已到來～♪」，這樣的歌詞以震耳欲聾的聲量從音箱爆出。

透過後照鏡，我發現界雄的臉色愈來愈蒼白。我旁邊的春太變成一具屍體。男生怎麼都這麼弱？回家的馬倫眞有先見之明。車子碰到第一個紅綠燈，明明導航指示直走，車身卻橫向滑行，然後左轉。

「南風姊，方向錯了！」界雄忍不住喊道。

「這輛車一碰到紅綠燈，就會毫無意義地想轉彎，實在是罪孽深重。」

「什麼跟什麼……」

「別說話，小心咬到舌頭。你想戰死沙場嗎？」

南風姊推到六檔，引擎發出高亢的怒吼。如果一般道路是沙場，高速公路怎麼辦？爲什麼我老是碰上愛找麻煩的人物？

不斷忽視導航的結果，車子耗費三十分鐘才抵達目的地。砰一聲，南風姊打開駕駛座車門，一臉舒爽地換上高跟鞋。我下車深呼吸，留下捂著嘴巴的春太和界雄。

我們來到界雄認識的房仲商門口。這就是所謂的在地型房仲嗎？店面小巧，介紹物件的宣傳單頗貧乏。從外面看進去，似乎沒有客人。

「恰逢沒什麼物件的時期，才會這麼清閒吧。不如讓他們招待幾杯麥茶。」

南風姊率先入內，我尾隨在後。春太和界雄東倒西歪地走過來，像在沙漠中尋找綠洲。店裡沒有客人，內部老舊，但比外觀寬敞。有一張可坐六個人的大型沙發，約莫是談

註：澀柿子隊，一九八二年至一九八八年間，傑尼斯事務所旗下的男性偶像團體。成員為布川敏和、本木雅弘、藥丸裕英三人。

生意用的。

中年店長走出來，界雄禮貌地打招呼。

「噢，是睡蓮寺的界雄。噢、噢，聽說你去上學了……」

中年店長雙手搭在界雄肩上，氣氛頓時變得感傷。很快地，中年店長的目光移向我們。

「界雄，這幾位是……？」

「我是客人，快送上麥茶。」

南風姊開口。我瞟春太一眼，這人沒問題嗎？

「啊，是客人。界雄，你幫我介紹客人？眞是感謝。來來來，這邊坐。」

中年店長深諳待客之道，我不禁鬆一口氣。他請我們坐上沙發，然後說著「你們是高中生嘛」，除了麥茶，還端出冰涼的可樂。可樂的碳酸沁入乾渴的喉嚨，胸口一陣灼熱。

春太總算恢復一點人樣。這時，中年店長在玻璃桌上打開檔案夾。是出租物件的平面圖。

我和界雄湊上前。上面標記著ＷＩＣ或Ｓ等符號，像是藏寶圖。平常沒機會看到住宅平面圖，雖然是逼不得已跟來，但我沒有找房子的經驗，不禁有些興奮。

南風姊掏出香菸點火。她靜靜閉上眼，滿足地呑雲吐霧。我生平頭一次看到抽菸抽得這麼香的女人。

南風姊對中年店長說：

「都內有些租給單身客的物件，搞得和幻覺藝術一樣，能不能幫忙剔掉那一種？」

「意思是格局古怪的物件嗎？」

南風姊點點頭。「我大學時代碰過，不想讓弟弟吃苦。」

「您眞疼弟弟。請放心，我們的理念是成爲紮根當地的優良房仲，絕不會介紹有缺陷的物件。」

「請問，」我忍不住插話：「幻覺藝術、格局古怪，是指什麼？」

中年店長回答：

「是指建築上不合常規的物件。比方，像切片蛋糕一樣的三角形房間，或是要進去起居間，得先經過陽台，不然就是廚房設在玄關。更糟糕的，還有打不開的房間，找遍四面牆壁都沒有門。」

「豈不是密室？聽起來好誇張。」

界雄似乎頗有興趣。

「實際上，眞的有那種誇張的物件。有些是設計師犯下匪夷所思的錯誤，或故意保留一定數目的房間，理由形形色色。在都市地區，不少房客會爲了低廉的租金，犧牲其他條件，所以不構成問題。不過，關於這一點，交給我們大可放心。要是管線方面有任何缺陷，簽約前一定會告知。況且正值淡季，能夠選擇的物件不多，反過來說，形同租方市場，我們可與房東交涉租金。」

「這樣你們就少賺嘍。」南風姊啜飲麥茶。

「我們當然想賺錢……但小店要存活，只能一點一滴累積信用。」

「這種時間能找到房東，讓我們看屋嗎？」

「辦得到這一點，就是老店的優勢。其實要看房屋，最好避開白天。」

理由我大概知道。比起大部分居民都不在家的白天，下班回家的傍晚，更容易確認鄰居住著什麼人。

「春太，卯起勁找。」

南風姊下令，春太拚命翻閱平面圖資料，顯然是賭上小命。檔案有兩本，我和界雄也幫忙找。

「啊，我忘了提，方便請教客人的預算嗎？」

中年店長禮貌地問，南風姊小聲回答：

「預算嘛。這裡和都內不一樣，物價比較便宜……包括生活費在內，我希望上限設在十……不，五萬圓。」

瞬間砍掉一半，春太和中年店長的臉色慘白。這下不得了，我和界雄鼓足幹勁找物件。

「春、春太，一個月五千圓，你活得下去嗎？」

「別鬧了。」

「春太，徒步兩個半小時到學校的距離，你能接受嗎？」

「又不是在遠足！」

「有夠麻煩，隨便啦，就這間吧。」

南風姊粗魯地隨手一指。屋齡八十年的木造公寓，四張半榻榻米大，無浴室，廁所共用，房租九千圓。

「聽著，我在舊書店看到的漫畫裡，這種物件的壁櫃往往會長出可食用的菇類。春太，你去親眼見證一下。」

「客人，您是指猿間菇（註一）嗎？難不成您是松本零士（註二）的粉絲？」

中年店長憐憫地望向春太。

「上条，有了、有了！」

熱心翻閱平面圖的界雄發出歡喜的叫聲。

「隔音完善，可練琴。一房附廚房，木板地。月租兩萬五千圓。感覺也可練法國號！」

「隔音？怎麼可能？」春太搶過資料迅速掃過一遍。「真的耶。屋齡四十年，一九八二年大幅改建……好巧，是姊姊出生那一年。」

年齡曝光的南風姊帶著殺意瞪向春太，真恐怖。我湊上前看春太手中的平面圖。地點

註一：出現在松本零士的漫畫《俺大爺》（男おいどん）中的虛構菇類。此作描寫窮困的主角在老朽的四張半榻榻米租屋的生活。

註二：松本零士（一九三八～），日本漫畫家，代表作為《銀河鐵道999》，以科幻作品聞名。

在學校的徒步圈內，四坪的西式房間，廚房一．二五坪，有水洗式廁所、浴室和壁櫃。眞的假的？而且看上去格局挺正常，不像什麼幻覺藝術。

最吸引人的是，隔音完善，可練琴。如同界雄所說，練法國號應該也沒關係。任何時間都能盡情練習的地方，是管樂社員最渴望的，連我都想租一間。爲了大家著想，這樣的寶物，無論如何得搶到手。

「抱歉抱歉，那個物件不行，有點問題。」

中年店長合掌賠罪。春太、界雄和我失望地垮下肩膀。南風姊似乎早料到這種情況，呼出一口煙。

「找其他的。」

我們隨手翻閱追加的資料，但找不到春太滿意的物件。我的幹勁逐漸萎靡。

「剛剛的物件爲什麼不行？」春太鍥而不捨地問。

「猿間菇的房子嗎？」南風姊說。

「不是啦，是兩萬五千圓的物件。」

中年店長嘆一口氣。「由於一些原因，我們不再幫忙仲介這一處。要是無論如何都想租，我可以聯絡屋主……」

界雄抽出剛才的平面圖，認眞研究。

「我知道了，這一處在莊圓寺附近，難不成是在墓地旁邊？」

「這也是原因之一……」

不知為何，中年店長含糊其詞，彷彿在觀察南風姊的神色。

「墓地意外別有一番風情。只要打開公寓窗戶，就能欣賞四季不同的草木風景，而且可隨時見證人總要一死的事實。比起墓地，我覺得都心密集的住宅區更恐怖。」

南風姊這麼說，你覺得呢？我望向春太。

「墳、墳墓不是問題！」

春太的決心堅定。我暗暗想著，在墓地旁確實毛毛的，不過，反正不是我要住。等春太簽完約，就拿來當練習場地吧。練到深夜，再叫春太送我回家……太完美了。

「我也沒問題。」

「關小千什麼事啊？」

「我也沒問題。」

「又關界雄什麼事？」

「大家一定都能接受。」我笑著拍拍春太的肩膀。

「大家？管樂社的成員嗎？妳在開玩笑吧？」

我掏出手機，滴滴滴地打簡訊給成島。短短三十秒就聽到回信鈴聲，「不管怎樣都要讓他租下那裡」。瞧，我亮出手機畫面，春太的喉嚨深處發出呻吟。

「問題只有地點嗎？明明附近沒什麼人，卻蓋一棟隔音完善的公寓，反倒令人不解。」

南風姊提出疑問。

「這麼一提，格局……似乎哪裡怪怪的。」春太納悶地歪著頭。

「你也發現啦？」

到底哪裡怪？我和界雄盯著那隔音完善的物件平面圖。

那是棟三層公寓，一、二樓各有兩戶，用來出租。紙上有四戶的平面圖，皆有西式房間四坪，廚房一．二五坪，水洗式廁所、浴室和壁櫃。

格局相當單純，不管怎麼瞧，結構上都沒有可疑的地方。

「……這圖髒髒的。」我說出自己的感覺。

「基本上，平面圖都是複印屋主給的原圖。每一家房仲都會尊重原圖。」中年店長親切地解釋。

「問題不在那裡。」

春太指著平面圖的一部分。那是角落的文字，寫在註明出租條件的框裡。戶數是「五」。

咦，五戶？

我再次審視平面圖。一、二、三、四……不管怎麼數，都只有四戶。仔細看遍每一個角落，根本沒有容得下第五戶的地方。這是幻覺藝術嗎？

春太傾身向前，問中年店長：

「剩下的一戶在哪裡？」

店方介紹的公寓，有著平面圖上不存在的第五戶。

「這是公寓原本的屋主寫的。三樓是屋主的住處……」

中年店長表情困窘，南風姊繼續問：

「屋主會把自己的住處算進出租戶數嗎？有人這麼愚蠢嗎？」

「不，通常不會。我也不曉得原因，而且以前那位屋主對房客的審查非常嚴格。」

「……你用的是過去式。」南風姊話聲一沉。

「是的。原本的屋主上上個月年邁過世，孫子繼承公寓。」

中年店長似乎還有所隱瞞。南風姊察覺，溫和地敲邊鼓：

「這本來就是因故不仲介的物件吧？老闆沒違反商業道德，我們也不是在責備。」

「我沒要隱瞞……只是……」中年店長猶豫片刻，最後下定決心般開口：「既然是檜山家的朋友，我就不拐彎抹角，其實，是有奇妙的傳聞。」

「傳聞？」女高中生的我，對這個字眼敏感地起了反應。

「據說屋子改建後，不少住戶搬走。」

「爲什麼？」我不懂他話中的含意。

「有『這個』。」

中年店長雙手舉到胸前，翻起白眼，垂落手掌。

……鬧鬼？

咦，不會吧？眞的鬧鬼？

平面圖上不存在的空間、鬧鬼的傳聞、搬離的住戶……不管怎樣，這種狀況不會太恐怖嗎？感覺有什麼冰冷的東西慢慢爬上背脊。

南風姊眨著眼，半晌後，放鬆地吐出一口氣。

「怎麼，原來是鬼屋啊。那不是挺好的？反正不是邪教團體大本營就在隔壁，也不是出過什麼命案的凶宅吧？春太，你就做好與幽靈同床共枕的心理準備搬進去。」

你姊這樣蠻橫要求耶，怎麼辦？我再次望向春太。

「我不要。」

春太十分坦白。我也敬謝不敏，有害心理健康。慎重起見，我掏出手機，再次滴滴滴地傳簡訊給成島。這次依然馬上收到回覆：「天哪！不不不，千萬不要。」果然還是會怕……我把手機畫面拿給界雄看，他深深同意。

約莫是一把年紀還模仿鬼魂，感到有些丟臉，中年店長乾咳幾聲。「啊，眞抱歉，這種不科學的玩意不可能存在，但許多人搬走是事實。要是這樣還想住，我把地圖給你們，親自去瞧瞧如何？詳情可直接請教屋主。他就住在公寓三樓，我會先替你們聯絡。」

「好，走吧。」

南風姊拿出車鑰匙站起，露出絕不放過看中目標的獵人眼神。我們幾個精神萎靡，慢吞吞走著。南風姊大聲催促，只差沒抬腳踹我們。

「我不想拖到明天。你們還要爲縣大賽練習吧？我十幾歲的時候浪費太多青春，你們別平白糟蹋了。」

4

抵達一看，公寓的名稱爲「淺間山莊」（註）。

「哇，這種命名品味，眞不是鬧著玩的。」

南風姊苦澀地吐槽，我舔著冰棒仰望。

夏季的豔陽西傾，染上赤紅燃燒般色彩的天空逐漸被昏暗侵蝕。高速疾馳而來的車子旁，春太和界雄捂著嘴巴，雙腿內八癱坐在地。

確實，公寓就在寺院附近，四周是荒地，但也因此十分幽靜。草叢的另一頭，傳來悅耳的蟲鳴。

從公寓外觀上的門，可知出租的戶數。一、二樓加起來只有四道門。繞公寓一圈，沒看到其他的出入口。

愼重起見，我們檢查信箱，僅有三樓的住戶貼出名牌。

對方姓「天野」。

「這是鋼筋水泥建築。」

註：日本歷史上有一座知名的「淺間山莊」，是河合樂器度假中心，曾在一九七二年發生聯合赤軍將管理員之妻擄為人質，與警方對峙的事件，稱為「淺間山莊事件」。

南風姊踏上設有遮雨棚的鐵梯，敲敲外牆。尾隨在後的我們跟著望過去。以改建二十八年的公寓來看，我覺得算是滿新的。

「地基似乎相當穩，建築物沒歪斜，整修過不少次嗎？」

走上三樓途中，南風姊像醫生觸診般檢查公寓。三樓走廊上只有一道門，看得出一整層都是屋主在使用，容納一家人應該綽綽有餘。

「真想不透。」跟在我身後的春太低聲嘟囔。「前任屋主是年邁過世吧？」

這麼一提，我也注意到不對勁。爬上三樓才能到住處，對老人的負擔很大。難不成他生前相當健朗嗎？

「問現在的屋主就知道。記得是他的孫子吧？」

南風姊按下門鈴，沒反應。敲門後再按一次，完全沒反應。

「不好意思——」

樓下傳來一道中氣十足的男聲，我們探出欄杆。

戶外一名年約四十的男子抬頭仰望。他穿馬球衫配棉褲，五官深邃，臉型細瘦，下巴留一層淡淡鬍鬚，不像上班族。

「是松田不動產介紹的上条小姐嗎？」

「是的，抱歉在這種地方說話。」南風姊頷首。「不好意思，打擾你們晚餐。」

這麼一提，隱約有燉煮料理的香味。男子點頭致意。

「我是屋主天野。上条小姐，抱歉通話中沒說清楚，其實我們目前住在一樓……」

南風姊皺起眉。此時，疑似天野太太的女子走到他身旁。看到挺著大肚子的她，我頓時明白其中緣由。

「我上去找你們。」

天野先生來到三樓，打開門鎖和電燈。不愧是房東住的地方，相當寬敞，家具都留在原處。我幫忙打開所有窗戶通風。

南風姊喀嚓喀嚓地撥弄打火機等待，彷彿迫不及待想來一根。

春太和界雄爭奪著房東太太分給我們的馬鈴薯燉肉，似乎餓得要命。

我拿抹布擦餐桌，放上天野先生帶來的罐裝咖啡，有些自暴自棄地喊：「好了啦！」

南風姊遞出名片，再次打招呼。咦，爲什麼南風姊沒給房仲商名片？天野先生直盯著南風姊「一級建築師」的頭銜。

「特地從東京過來啊……」

天野先生從名片上抬起目光。

「不好意思，這麼強人所難，但我得在今天幫弟弟找到住處才行。」

南風姊點燃香菸，朝旁邊吐出煙，恰恰噴到春太臉上。

「這樣啊……」天野先生雙肘靠在桌上，深深垂著頭。猶豫半晌，他終於開口：「非常抱歉，其實我剛決定要賣掉公寓。」

「什麼時候？」南風姊毫不動搖。

「大概年內。」

「眞快。」

「嗯，沒辦法。」

「我看過底下的信箱，僅掛出天野家的名牌，想必沒有租金收入了吧？這樣下去，還得花錢維修、繳固定資產稅，只會不斷赤字。」

明明是初次見面，南風姊卻大剌剌指出，我聽得心驚膽跳。

天野先生注視著南風姊，彷彿承受不了她銳利的視線般別開臉，望向染上暮色的窗戶。

「這是祖父留給我的珍貴公寓。如果能夠，我也不想賣掉。但沒有一家房仲商願意介紹房客。」

南風姊深深嘆息，單手掩住臉。

「是鬧鬼傳聞的影響嗎？眞是的，說出這種字眼，連我都覺得丟人。」

「……是啊，確實如此。」天野先生的話聲透著疲勞。

「據說害怕鬧鬼，房客都逃之夭夭。到底是哪種鬼？男鬼或女鬼？小鬼或老鬼？還是美少女？不然是頭上長三根毛，一口氣吃二十碗飯的調皮鬼（註）嗎？若是這種鬼，狗就能嚇跑。」

「好像是恐怖的僧侶幽魂。」

「僧侶？」南風姊一臉意外。「這麼一提，附近有寺院……天野先生親眼目睹過嗎？」

天野先生搖搖頭。「不，我一次都沒瞧見，根本毫無感覺……據說這十幾年之間，一樓和二樓的住戶吵著公寓鬧鬼，每天晚上都有僧侶在周圍徘徊，有時還會出現大批的僧侶幽魂。」

南風姊長長嘆一口氣。

「……那什麼僧侶的鬼魂，跟這棟公寓有仇嗎？任意出家棄世，又妨礙活人營生，未免太猖狂。」

「傳聞二戰剛結束時，後方的寺院發生過命案。托缽的僧侶一去不回，被發現慘遭殺害，身上財物都遭洗劫一空。」

「事情已過半世紀，跟這棟公寓有關嗎？」

「這是聽別人說的……祖父爲了供養僧侶的亡魂，在公寓裡布置一處，讓他有地方回去。好像就是平面圖上不存在的第五戶。」

南風姊雙手抱頭後仰。

「噢，天啊！這未免太誇張，我受夠『聽說』、『好像』了。」

我不理會突然抓狂的南風姊，用手肘輕撞身旁的界雄。

「欸，什麼叫托缽？剛剛聽得理所當然，搞不好其實有聽沒有懂。」

註：指藤子不二雄的漫畫作品角色「Q太郎」。

界雄湊近我耳邊解釋：「簡單地講，就是拋棄欲望的出家人爲了專心修行，由其他人供應基本的食物和財物。以前我爸修行時也做過……」

春太小聲插嘴：

「剛才那椿命案不會太離奇嗎？僧侶得向人托缽，幾乎是拋棄世俗的隱士，誰會去攻擊這種人搶錢？」

我擰起春太的耳朵：

「喂，你這樣說對界雄的爸爸很不禮貌。」

界雄噗哧一笑：

「不會啦。許多人對托缽有誤會……除了奉獻以外，還有別的目的，等於是信徒和當地人維持連繫的一種方法。」

「爲什麼產生誤會？」我悄悄請教界雄。

「車站附近有時會看到僧侶吧？我爸告訴我，正確地說那不叫托缽，而是化緣，不需要身分證明或道路使用許可。如果要懷疑他們的身分，其實滿可疑的。」

「那麼，誰都能化緣嘍？」春太低聲問。

「有些上班族爲了抒發在公司累積的壓力，偶爾會站在路邊化緣。」

「是噢？」春太一臉佩服。「跟其他的騙子不一樣，雖然可疑，又不能懷疑，眞神祕……」

我注意到四周一片沉默，倏地轉過頭，發現南風姊和天野先生在聽我們交談。南風姊托著腮幫子，露出微笑。

「雖然可疑，但不能懷疑啊……春太偶爾也會吐出有深度的話。包括這次的鬧鬼騷動，要不要我更一針見血地解釋一下？」

春太和天野先生點點頭，南風姊繼續道：

「在我們業界，有『鄉土建築』一詞。這座沿海小鎮可看到幾棟。簡單地說，就是沒有建築家介入，由居住在當地的人，依當地的風土打造出的建築物。這種紮根於日常的建築形式，稱爲『鄉土現代主義建築』，我認爲也能象徵此處的靈異現象。」

我興致勃勃地聆聽南風姊的解釋。

「身爲現代兒童，你們上網取得資訊十分容易吧？相較於從前，有太多方法可查證，確定事實眞僞。但不知爲何，一碰上靈異現象，便沒人想查證。至今仍有一大堆可疑卻不能懷疑的人。關鍵在於，相信靈異現象的人，對傳統風俗、因果報應——說得簡單點，就是這次造成騷動的托缽僧侶、地藏菩薩像、寺院、鳥居（註）之類風土性的理由，儘管根本不了解，依然毫不懷疑地將它們連結在一起。不用腦袋思考，找出明確的根據，而是全憑感受，毫無自覺地接受這塊土地的風土營造出的事物。我並不否定這些想法——畢竟完全是以建築學的觀點來看。除此之外，我一概不承認。」

南風姊點燃香菸，筆直注視天野先生。天野先生認眞傾聽。

註：日本神道教中，區隔神域的牌坊。多建在神社參道入口。

「再整理一次脈絡吧。首先，這棟公寓何時傳出怪事？」

天野先生彷彿在字斟句酌。

「聽說是……公寓改建數年後。」

「一九八二年的數年後是吧。接下來，所謂的怪事，具體內容是什麼？」

「有人描述，每天一到深夜，公寓外頭就會出現僧侶的鬼魂。有時會出現大批僧侶。」

「待在公寓裡，怎麼曉得那是僧侶？有沒有更具體的事蹟？」

「……似乎是聽到錫杖的聲響。」

南風姊目瞪口呆。

「瞧，這就是鄉土式的思考。況且，一般人有機會聽到錫杖的聲響嗎？即使聽起來像金屬碰撞，又怎麼能肯定是錫杖？」

我趴在桌上小聲問界雄：錫杖是什麼東西？界雄小聲回答：和尚拿的那種，上面有很多鐵環的拐杖，會鏘鎯作響。

（鏘鎯、鏘鎯……）

（鏘鎯……）

確實，三更半夜聽到那種聲響，一定會渾身發毛。要是每天都聽到，會想逃走也是情有可原。

「天野先生聽過那錫杖的聲響嗎？」

「不……內子也沒聽過。」

「況且，戰後的僧侶命案是不是眞有其事也頗可疑。在小地方，只要冒出一點傳聞，就會四處流竄，然後被加油添醋，愈傳愈誇張。」

「姊。」打開平面圖的春太加入談話。平面圖是向房仲商要來的影本。「這棟公寓在二十八年前的改建後，就有隔音設計。」

「是啊。」

「那應該聽不到外面的怪聲。」

「理論上沒錯。」

「對，所以在屋裡聽到錫杖的聲響，想必格外毛骨悚然，巴不得搬走。」

「如果是鋼筋水泥建築，牆壁厚度超過十五公分，地板厚度超過二十公分，就符合隔音標準……」

呃，天野先生插話。

「祖父改建這棟公寓時，隔音是一大優點。我看過建築設計圖，牆壁確實有妳說的那麼厚，而且分成內外牆，是雙層的。」

我聯想到學校的耐震補強工程。

「看窗框就知道了。」南風姊回答。「我並不是在質疑這一點。」

「但這十幾年之間，曾有兩次對隔音的投訴。第一次是一樓，第二次是二樓，房客抱怨聲音會悶在屋裡。」

「——聲音悶在屋裡？」南風姊傾身向前。

「對。不過房租很便宜，沒因此引起糾紛……」

「是隔音效果減弱嗎？」春太一臉納悶。

「不，謎團漸漸明朗。單房的施工，難以徹底做好隔音。雙層牆壁確實有利，但與戶外的溫差，會形成空隙，發出傾軋聲。」

「傾軋聲？」天野先生反問。

「可能是被誤認爲錫杖的聲響。僧侶命案的傳聞，感覺像是事後穿鑿附會。」

南風姊的分析合情合理，天野先生倒抽一口氣。

「什麼鬧鬼，你不認爲實在荒唐嗎？」

南風姊氣勢洶洶地質問，天野先生震懾般點點頭。

「好，這下彼此都前進一步。」南風姊總算打開咖啡罐拉環，喝一口。「差不多該進入正題。」

「正題？」天野先生疑惑道。

「鬧鬼問題解決。請告訴我眞相吧，我幫得上忙。」

「眞、眞相？什、什麼眞相？」天野先生拉開椅子，顯然狼狽萬分。

「爲何要賣掉這棟公寓？」

南風姊注視著天野先生，彷彿看透眞正的理由。天野先生的目光游移。半晌後，他閉上眼，間隔兩次呼吸，終於敗陣般垂下頭。

「說來丟臉……其實是我付不出遺產稅。」

「果然是這樣。」

南風姊輕抱雙臂，靠在椅背上。

「我在房仲商那裡聽到『繼承』兩個字，便耿耿於懷。在不會造成困擾的範圍內，可以告訴我內情嗎？」

「……事到如今，我已看開，就從頭說起吧。」

天野先生垂著頭，雙手在桌上握成拳，斷斷續續道出自己的身世。

「我在讀小學的年紀就離開父母身邊，由這棟公寓的屋主祖父撫養。身邊的人都說我是不成材的孩子，如今回想，我的少年時代真的過得很荒唐。即使會被警察抓去輔導我仍滿不在乎，盡是給祖父添麻煩。祖父曾代我向人下跪道歉，也替爸媽揍過我。祖父獨自撫養我，一次都沒拋棄過我……沒想到是我先拋棄祖父。升上國中，我頻頻偷祖父錢包裡的現金，露出馬腳後，我竟反過來毆打祖父。對祖父動粗，不是一次兩次的事。漸漸地，我覺得沒臉見祖父，從高中逃學，離開他身邊。」

天野先生停頓片刻，別開臉繼續道：

「後來我受了不少苦。一個不良少年離家出走，跑去東京，根本不可能找到像樣的工作。我幹著類似小混混的差事，勉強填飽肚子。直到年過三十，認識現在的妻子，才改邪歸正，返回故鄉……我立即去見祖父，當然吃了閉門羹，但知道祖父依然健康，我真的很開心。我暗自發誓，得不到祖父的原諒也沒關係，我要陪在他身邊。祖父始終是孤伶伶一人，於是我就近租房子，以便隨時趕來，並且每天和妻子一起認眞幹活。」

我聽見有人在吸鼻子，居然是南風姊拿手帕按住眼頭。咦，原來她這麼多愁善感？

「上上個月，祖父高齡逝世。直到最後，他都不願意跟我說什麼，但我握著他的手，爲他送終。」

南風姊靜靜開口：

「你何時曉得祖父留下大筆遺產？」

「葬禮結束，律師召集家屬。聽到總資產額，我非常錯愕。祖父的現金存款只有一點點，當時我們才知道他在都內有多筆土地和有價證券。」

「……多少？」

「兩億圓。祖父的遺書上寫著，總資產額的百分之八十一留給長男、長女、次女和三女，剩下的捐給慈善團體，繼承人包括我。親戚一片譁然。我繼承到的，是這棟公寓和一小塊荒廢的土地。得知這件事，親戚便不再抗議。不僅如此，他們甚至暗暗竊笑。兩個星期後，我才明白其中緣由。我收到支付遺產稅的通知書，金額將近五百萬圓……這麼一大筆錢，我實在沒辦法一下籌齊。」

我想起天野先生的妻子有孕在身。

「姊，遺產稅那麼重嗎？」

春太天眞地問。南風姊寫在記事本上爲我們解釋。

「嗯。計算公式是五千萬圓＋（繼承人數×一千萬圓），遺產超過八千萬圓，就必須支付遺產稅。端看怎麼分配，可能會一口氣破產。反過來，也可能像眼前的情況，依故人的遺志，把親人逼到破產。這是死者的復仇。」

南風姊最後一句話格外用力。

聽到這裡，天野先生難受地開口：

「……沒錯，想想我對祖父的所作所爲，也是理所當然。我回到故鄉，住在附近，或許在祖父眼中，是覬覦他的遺產。如果支付遺產稅是對我的懲罰，我甘願接受。」

「五百萬啊，實在是一筆巨款。」南風姊語帶同情。

「……對我們夫妻來說，是一筆巨款。賣掉繼承的遺產，再動用存款，應該勉強湊得出來。」

「所以，你才會想賣掉這棟公寓。」

天野先生用力閉上眼：

「……這都是爲了內子和即將出世的孩子。我們好不容易才擁有孩子。」

「天野先生繼承的遺產，眞的只有這棟公寓和不值錢的土地嗎？」

「其實還有一樣。」

天野先生起身，自起居室的櫃子抽屜取出一只褐色信封。看到從褐色信封抽出的紙，界雄忍不住輕呼。

「是平面圖的原圖……」

春太低喃著，和手中的影本比對。

「是的，原圖是祖父親手畫的。這棟建築物裡的家具、貴金屬、現金，全部留給你——這是祖父留給我的，唯一像遺言的遺言。」

「爲什麼會寫在平面圖上？」春太抬起頭問。

「不知道……不過，這棟公寓本身有些地方頗爲奇妙。公寓是一九八二年改建，但當時祖父的住處從一樓搬到三樓。」

「不僅僅是有點奇妙。」春太糾正。「上下都得爬三樓，對年老的房東未免太辛苦。」

「實際上，祖父一直住在三樓。就算用爬的，他也會爬上來。連住院期間，他都溜出醫院想回家。據說他曾埋怨，不每天住在家裡就沒意義。」

「每天？」春太眉毛一挑。

「對，每天。」

春太陷入沉默，像在思考般環抱雙臂。

「春太，好了嗎？我要著手解決嘍。」

南風姊瞟一眼春太。「哦……」春太膽怯地應一聲，南風姊轉向天野先生開口：

「我只說一次，請仔細聽。有時遺產稅由不同的稅理士計算，結果會不同。找別的稅理士重新評估你繼承的土地和房屋的資產額如何？或許你的遺產稅會大幅減少，繼承有價證券和都內土地的兒女負擔會變重。聽到你的描述，總覺得不太公平。如果是人爲的，表示有談判的餘地。不過，要看稅理士的手腕高不高明。」

天野先生望向南風姊的名片。這麼說來，他從剛才就瞄了好幾次。

「……上条小姐有沒有認識的稅理士？」

「就是有才敢這麼神氣。我們公司在都內有信賴的稅理士和律師。只要請他們把金額調整到不必拆掉充滿令祖父回憶的公寓就行吧？」

天野先生抬頭，露出得救般的表情：「眞的辦得到嗎？」

「那要看你。」

「呃，意思是……？」

「無論如何，遺產稅都不可能是零，所以會動用到你的存款。況且，維護這棟公寓不容易。每年要付固定資產稅，房租收入也得從零累積。你必須努力找回房客，爲此需要重新裝修，尤其是水管管線。不過，只要你有意願，我可以介紹認識的良心工程行給你。」

「在冒出遺產稅的問題前，我本來想拜託某工程行裝修。」

「那邊能夠信任嗎？最近有些工程行會欺負外行人不懂，漫天開價。」

「對方從小就認識祖父，開店至今還沒退休。他是我的恩人，不僅幫忙主持守靈儀式，那張原版的平面圖，也是當時他親手交給我。」

春太突然傾身向前：

「原版的平面圖，形同給天野先生的遺書。雖然是令祖父的舊識，畢竟是外人吧？」

「呃，是啊……」

天野先生應著，春太一臉呆愣，頻頻眨眼。

「春太，怎麼啦？」我好奇地小聲問。

「不，一瞬間……我想到滿蠢的事。」

「多蠢？」

「不，是個可笑的念頭……眞的很蠢，小千就別問了。」

在一旁聽著的南風姊嘆氣道：

「只要能證明是故人寫的遺書，不管在誰手中，都不成問題。更何況，內容幾乎沒有繼承的價值，審查遺產的家屬也沒當一回事吧？」

天野先生點點頭。南風姊瞪春太一眼，彷彿在警告他不要亂插話。

「……看來沒什麼問題。今天晚上，我會聯絡認識的稅理士和律師。要是有什麼困難，不必客氣，儘管開口。」

「謝、謝謝！」

「畢竟是寶貝弟弟要住的地方，我才會這樣不辭勞苦。」

「眞、眞的感激不盡。」

天野先生深深行禮。不必客氣，別放在心上，南風姊擺擺手。

怎麼搞的……？看著南風姊與天野先生交談，我莫名一陣不安。留下這棟公寓，依然是一大負擔。況且，不曉得南風姊介紹的稅理士和律師有多厲害。

南風姊用指尖轉一下原子筆，迅速在租屋契約上簽名，並從手提包取出印章一按。

瞥見春太，我心頭一驚。他瞪著南風姊，表情十分可怕。

「眞不爽。」

離開公寓，要返回車上時，春太吐出一句。

「你不爽什麼？」

並肩走著的南風姊納悶地歪頭。

「討厭，討厭得要命！我討厭姊那種不擇手段的作風。」

「這都是爲了你。最糟糕的情況，不管事態怎麼發展，你都能賴到秋天左右。屆時可拿回訂金，能挑選的物件也增加，再跟亞實和冬菜一起找房子就行。」

咦？

我擋住南風姊：

「妳騙了他嗎？」

「我沒騙他。我介紹擅長處理遺產糾紛的人，狀況可能好轉。我已盡力幫忙。」

確實，我一直待在南風姊旁邊，知道她沒撒謊。我認爲她出於善意，盡己所能，卻無法釋然。只看事實，就是南風姊遊說天野先生，動搖他賣掉公寓的決心，先簽下租屋契約。如果她從一開始就打定主意，賣弄唇舌說服他……

（我不想拖到明天。你們還要爲縣大賽練習吧？我十幾歲的時候浪費太多青春，你們別平白糟蹋了。）

南風姊的話在腦中復甦。南風姊忠於自己的話，有時甚至會過度冷酷……我不由得倒抽一口氣。她是帶領上条家的長女，一介高中生的我，實在不可能與她匹敵。

「欸，那平面圖之謎呢？明明很有趣。」

界雄出聲，南風姊、春太和我都回頭。走在後方的界雄拿著平面圖影本揮舞著。

南風姊低聲嘀咕：

「房東的住處在三樓，只有這一點令人不解。」

——那棟公寓，有平面圖上不存在的第五戶。

「到底爲什麼要寫有五戶？要是像藍鬍子的故事，牆壁裡埋著人骨，牆壁之間的縫隙就是那人骨房間，你們能接受嗎？」

面對南風姊冷酷的話語，界雄渾身發抖，用力搖頭，故作開朗回答：

「至少該有些夢想，不如當成藏寶圖。」

「世上哪有那麼美的事？」

南風姊斬釘截鐵應道。

「是嗎？天野先生回憶中的祖父，不像藍鬍子那種壞人。」

喜歡長輩的界雄語帶落寞，我也有同感。離開人世後，將一手拉拔長大的孫子逼到破產……這樣的人生未免太空虛。

春太轉過身。

「界雄、小千，我們回去公寓。」

「回去？喂，春太！」南風姊厲聲斥喝。

「小千能不能幫忙打電話給馬倫？他有電腦，請他查一下公寓改建的一九八二年發生過什麼事。那是姊姊出生當年，總覺得有種不可思議的緣分，我實在好奇到不行。」

「呃，好……」我困惑地拿出手機。

「春太，你再鬧我要生氣了。」

南風姊拉住春太的胳臂。

「姊姊不如一起來。或許是我在妄想，但搞不好能看到天野先生的祖父留下的、再破天荒不過的奇蹟。」

「再破天荒不過……？春太，你在胡說些什麼？快點回去了！」

「妳是一級建築師，卻不想看嗎？」

面對春太的挑釁，南風姊難得流露狼狽之色。

「……看什麼？」

「終極的鄉土建築。」

春太悄悄附耳後，兩人一陣沉默。南風姊的表情像石頭般僵硬，忽然腿一軟，癱坐在地。

5

夜幕降臨，管樂社成員陸續到天野先生的公寓前集合。眾人彷彿圍繞著尚未現身的神祕之物，吱喳吵鬧。

春太緊急召集大家。

正在準備大考，應該最受影響的片桐社長頭一個趕到。他拿著手電筒，杵在原地發愣。

「那就是上条的姊姊啊，南風……………………讚。」

南風姊、春太和天野先生仰望公寓，互相討論。天野先生提著工具箱。

穿便服的成島和馬倫最後抵達，全員到齊。春太注意到他倆，跑過去低頭賠罪。

「抱歉，你們和爸媽有約，我卻找你們過來。」

「沒關係，聚餐結束了。」成島一點也不介意。「不過，你是說眞的嗎？今晚這棟公寓會發生奇蹟，而且是現在的我們最好見證一下的奇蹟？縣大賽就快到了耶。」

春太沒說出最重要的部分，就集合大家。他沒告訴天野先生，也沒告訴我。他認爲最好親眼見證——

唯一知道眞相的馬倫緊張地開口：

「上条，我還是難以置信……」

「你拿什麼當理由告訴爸媽要出門的？」

馬倫用英語回答：

「Fantasitic.」

「果然。所以，我才找大家來啊。」

春太聚集全員，跟著南風姊爬上公寓的鐵梯。天野先生、我、界雄、馬倫、成島、片桐社長尾隨在後。領頭的南風姊和春太的背影顯得十分雀躍。

「……姊，眞的能效率十足地『投下去』嗎？那個時候我沒說，是擔心會在哪裡『塞住』。」

「以我的立場，其實很想否定。但那東西的形狀是『均一』的，只要設計成讓軌道沿著並排的承板傾斜，平均分配到四面牆壁落下，應該就沒問題了吧？大概是設計成可依自身重量滑下，又或許是借助地震等自然災害的力量。不過，如果你的妄想是眞的，等於他打一開始就沒將《建築基準法》放在眼裡。」

「還是先調查負責改建的工程行？平面圖上有聯絡方法。」

「是天野爺爺的童年玩伴開的店吧？爲了朋友，他一定會守口如瓶，把祕密帶進墳墓。與其先對答案，我想毫無預警地大吃一驚，比較符合天野爺爺的遺志。」

「可能吧……」

「終極的鄉土建築啊。在另一層意義上，確實如此。」

南風姊不甘心地咂舌，但心情似乎不錯。令人好奇的，是他們交談中出現的「投下去」、「塞住」、「均一」之類莫名其妙的字眼。

爬上三樓的房東住處前，春太問提著工具箱的天野先生：

「關於那張原版的平面圖，令祖父的朋友有沒有說什麼？」

「這麼一提，當時明明在守靈，他卻掩著嘴不停竊笑，假牙笑掉好幾次……」

咦，竊笑？怎麼回事？

「如此一來，所有拼圖碎片都拼上去了。這真的是巧合嗎？」南風姊賊笑著。原來她也會有這種表情。

「要是我的妄想是對的，就不賣掉公寓嗎？」春太確認道。

「我的內心早就默默支持你偉大的妄想。」

天野先生打開門鎖，亮起燈後，我們一個接一個走進去。春太和南風姊立刻兵分兩路，雙手觸摸牆壁，握拳輕敲，像在找東西。

「春太，很驚人啊。」

「嗯，這邊也一樣。」

兩人十分興奮。

「腳邊的聲響明顯不一樣，會不會已『存』到三樓？」

「滿有可能。換成我是天野爺爺，不做到這種程度，沒辦法安心上天堂。」

「咦？」天野先生有些不知所措。

南風姊的呼吸愈來愈急促。

「一定有哪個地方的壁紙可撕下……」

南風姊走來走去，最後停在逝世的天野爺爺起居的和室。

眾人聚在一起，盯著牆上一塊淺淺的正方形割痕。南風姊以指甲小心扳開，底下出現一個高五公釐、寬三公分左右的奇妙長方形洞穴。

該怎麼形容……

我在別處看過這樣的長方形小洞。

·平面圖上不存在的空間。

·有外牆與內牆的隔音構造。

·房東住在三樓的理由。

·僧侶鬼魂的傳聞。一樓和二樓房客聽到的鏘鎯錫杖聲。

·聲音悶住的現象，是依序從一樓整層延續到二樓整層。

·天野爺爺在平面圖寫下遺囑的真正用意。

「上条小姐，這個洞究竟是……？」

天野先生問南風姊。

「令祖父將那張平面圖託付給你，是有用意的。那是遺書，也是藏寶圖。大概是不想留給兒女吧。公寓改建時的西曆日期是一個線索。」

天野先生搖頭，表示不懂。

「親眼目睹比較震撼，令祖父恐怕也是如此期望。喂，春太——」

南風姊打信號，春太舉起工具箱裡的木工斧。

「我會負起修繕責任。得在牆上開個小洞——春太，動手吧！」

春太跪在地上，揮著木工斧，一下又一下在靠近地面的牆上開洞。牆壁碎片四散，灰塵漫天飛舞。春太額頭汗涔涔，終於開出一個洞的瞬間，有東西嘩啦啦泉湧而出。

咦？我們同時倒抽一口氣。

閃閃發亮的桐花圖案——是大量的五百圓硬幣。

春太放下斧頭，說出眞相：

「這棟公寓本身，就是個五百圓硬幣存錢筒。是擁有堅定意志才能存滿的存錢筒，也是絕對打不破的存錢筒。」

存錢筒這玩意，往往沒有意義。我曾央求爸媽買五百圓硬幣存錢筒，但存沒多久就忍不住打開，挨了老媽一頓罵。

一點一滴累積小小的忍耐。

我做不來這種事。爲了縣大賽，每個人都逼著自己瘋狂練習，神經何時綳斷都不奇怪。

可是，眼前這些……實在無法置信，規模未免相差太多！

「好厲害。這種景象，一輩子難得一見。」

界雄目瞪口呆。

片桐社長和成島頓時說不出話，跪著掬起從牆壁傾瀉而出的五百圓硬幣山，滿溢的錢幣嘩啦啦落下。

「從一樓到三樓，滿滿的都是錢幣？這是夢嗎？」片桐社長一臉不可思議。

「……真的能存到那麼多？」成島有些疑惑。

馬倫興奮地打電話給父母，帶來一年級社員的後藤發出驚呼。

南風姊彎身捏起一枚五百圓硬幣。

「改建似乎是爲了隔音，其實天野爺爺瞄準的是外牆與內牆之間的空隙。圍繞整棟公寓的奇妙空間，就是他標註在平面圖上的第五戶。」

「那麼，馬倫查到的一九八二年有什麼意義？」

我一問，春太回答：

「一九八二年發行五百圓硬幣，是足以記載在歷史年表上的大事。或許天野爺爺受到啓發，想出這個巨大的計畫。」

「那僧侶的鬼魂呢？」

「是指錫杖的聲響吧？大概是從三樓丟下去的五百圓硬幣，發出鏘鎯、鏘鎯聲。」

我試著想像，但實在太荒唐，於是忍不住張大嘴巴。南風姊咯咯笑著，補充道：

「牆壁裡塞滿數量龐大的五百圓硬幣，隔音效果當然會受到影響。所以，從一樓起，屋內發出的聲音逐漸變得悶悶的。另外，這棟公寓取名『淺間山莊』，或許是天野爺爺令人笑不出來的巧思。無論如何，不免都會聯想到警方強行拆除建築物的行動（註）。」

「每天都存嗎？」

「鬧鬼的傳聞沒間斷過吧？推測是從一九八二年開始存的，至少有五百圓×三百六十五天×二十八年，超過五百萬圓。考慮到牆壁面積，想必不止如此。有些日子會出現大批僧侶鬼魂吧？既然將那張平面圖當成遺書，金額應該足夠繼承和維護公寓。或許會引發觸及法律邊緣的細節問題，所以我會協助翻修。順利的話，可耗費最小的勞力取出錢。需要拿藍色塑膠布遮住整棟公寓。」

我走在滿滿散落著五百圓硬幣的榻榻米上。不管看上幾眼，都那麼震撼人心，我忍不住深深讚嘆。

「厲害是厲害，但目的是什麼？」

「由於會牽扯到兒女的遺產繼承問題，不能以存款的形式留下。」

南風姊拍攝著屋內景象，邊回答我。

「不，爺爺是在立榜樣給我看。」

背後傳來顫抖的話聲。回頭望去，剛剛一直沉默不語的天野先生捂住臉，跪在地上。

「爺爺，太無聊了，你眞是太無聊了……」

淚水滑過天野先生的臉頰，滴落在榻榻米上。

註：淺間山莊事件發生時，警方一度嘗試開吊車以鐵球破壞房屋，再壓制歹徒，但破壞到一半，行動便中止。

十個祕密

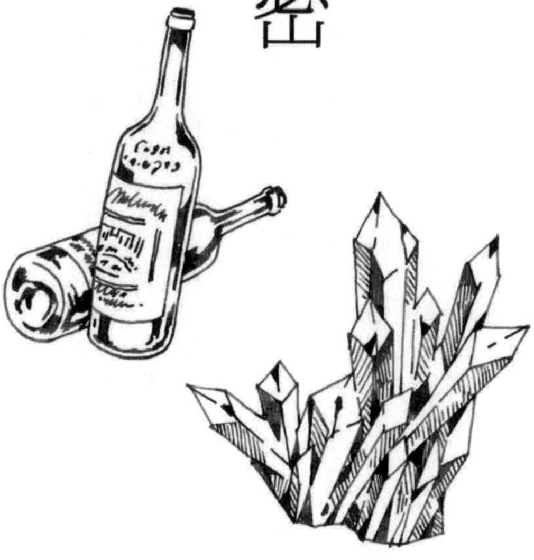

欸，又吐出「畜生」這種髒話，一點都不適合奈奈子。

我驚訝地抬頭。

她一如往常地對我微笑。沒錯，從那時候開始，一直……

我回想起兩年前的秋天。

當時，我們淪爲眾所公認的垃圾女高中生。社團活動是與學校唯一的連繫，也因學姊引發問題，大家紛紛退社，一年級僅剩九個人，會有這種結果是當然的。社辦成爲打混的據點，盡是聊男人和打扮。成天低頭玩手機、虛擲光陰，內心卻沒半點疑問。

在這樣的情況下，她突然加入社團。

怎麼看都是跑錯棚的她，給了父母、老師、其他學校的男生都瞧不起的我們希望和目標。她以身作則，告訴我們需要的不是知識或力量，而是改變。

這麼一提，她要沒人期待的我擔任社長時，我嚇一大跳。爲什麼是我？我厭惡地反問，她滿不在乎地回答：「感覺有妳支持，往後比較好辦事。」我啞口無言，但第一次被委以重任，眞的很開心。

過去我總是不經思考地活著。不曾認眞念書，早就放棄升大學，而且畢業出社會後，即使不願意，多得是要操心的事。所以，我決定不自尋煩惱，盡情享受當下。

然而，她輕輕推了我們一把。

如同在舞臺上瞬間重疊的旋律，年少時的歡笑與淚水，或許僅僅是漫長人生中的浮光掠影。正因如此，若是全心投入，就能將「一期一會」（註）的意義確實刻畫在心中。我們打造出一個至寶，不論往後面臨何種遭遇，絕不會褪色的至寶。我相信，總是陪在我們身邊的她也有同感。

於是，我們迎向高中生活最後一個夏天……

她向我吐露一個祕密。

那是我完全想像不到的告白。我不敢對她說「加油」。不必我說，她也在努力。可是，世上有些狀況就是那麼淒慘，慘到只能在一旁爲她加油。我不知如何是好，忍不住爲自己的無力哭泣，反倒是她安慰我。

不過，現在我已恢復平靜。多虧有妳，我們才能改變。身爲那時留下的九名成員，我們團結一致。

所以，我決定和大家一起分擔妳的祕密。

我們很傻，只能想出這個方法，請妳諒解。

這次，輪到我們推妳一把。

*

註：指一生只有一次的相會，需珍惜當下，以誠相待。

●第一個祕密　其實奈奈子是吝嗇到家的守財奴、見錢眼開的女高中生。她居然濫用社長的權力，強迫社員樂捐。

「等一下。」

當時我在買自動販賣機的冰涼瓶裝茶。背後突然有人拍我的肩膀，害我差點驚叫。回頭一望，是外校的矮個子女孩，我忍不住緊盯不放。不管是誰，應該都會有這種舉動。她頂著稱爲「鑽頭」的栗色鬈髮，眼周塗得黑黑的，不曉得刷了幾層睫毛膏。眼眸本來就大，臉蛋小巧，看起來更像芭比娃娃。至於我到底想說什麼，就是這個女孩，簡直像從青少女流行雜誌走出來的辣妹。

問題在於，這是管樂比賽高中部，縣大賽B部門的會場。

「欸，妳是下午出場？」

她親暱地問我。我的視線還停留在她身上。目睹如此完美的鬈髮，我不由得想起母親嫁妝裡的老漫畫《凡爾賽玫瑰》。這個人也會身中槍彈，華麗戰死嗎？那就太催淚了——啊，不好。口渴得太厲害，腦袋都要失常。我急忙點點頭，她笑咪咪地輕快繼續道：

「是清水南高中吧？第二十六號出場。」

仔細一瞧，她沒塗唇膏。我總算有餘裕去注意她胸前的緞帶。那是發給參賽學校的緞帶，跟我胸前的一樣，難不成……

「是、是啊。」我好不容易維持冷靜。

「耶，猜對了！我們也是下午出場，二十五號。妳們去年沒參加吧？上午就來會場的，大概只有我們和清水南高中吧。」

我悄悄屏息。不熟悉比賽，浮躁難安的我們，在學校晨練結束，便搭乘新幹線提早來到會場。雖然距離樂器送達還有約三小時的空檔，但取得草壁老師同意後，我們想在不打擾上午賽程的情況下，聆聽他校的演奏，感受會場的氛圍。

聽起來……她就讀的高中，是縣大賽的常客？她不理會困惑的我，指著自動販賣機。只見十指都搽上指甲油，裝飾得閃閃發亮。我不禁仰頭閉上眼，拜託，告訴我這是一場夢。

「勸妳最好不要喝那種飲料。」

「咦？」我低下頭，錯愕地反問。

「不管天氣再熱，最好別喝冰麥茶。去年的縣大賽，我認識的人喝了冰茶不停拉肚子，鬧得雞飛狗跳。」

「……雞飛狗跳？」

「嗯，超誇張的。萬一是在舞臺旁等待上場時鬧肚子，再也沒有比這更慘的事了。」

付出的心血功虧一簣。我忍不住想像起那種狀況，打了個冷顫。她彷彿看出我的不安，點點頭，從時髦的背包取出一大罐瓶裝茶。牌子跟我想買的一樣，是二公升裝。

「雖然不冰，但喝溫茶就不會鬧肚子。」

我用雙手牢牢接住。瓶蓋還未拆封，是沒喝過的。我不禁對她刮目相看。她親切地給我忠告，看來不是壞人。

「……可以嗎？」

「嗯，兩百圓就好。」

「謝——」我皺起眉，「妳說什麼？」

「妳要買的茶是五百毫升，一百五十圓。四倍的兩公升裝只算妳兩百圓，不覺得很便宜嗎？比在超商買還便宜。」

嗯，搞不好比較便宜。雖然只有一瞬間，我差點這麼想，又連忙搖頭：不不不，等一下等一下。

「我、我一個人喝不了這麼多。」

她誇張地嘆氣，從背包取出幾個全新的紙杯，硬塞給我。

「分給朋友不就好了嗎？不然乾脆要他們和妳一起分攤兩百圓啊。一杯一百五十毫升，算二十圓差不多。分給十個人就能回本，最後妳還剩下五百毫升呢。大家開心，妳開心，我也開心。這是經濟新名詞『三贏關係』，妳不曉得嗎？」

她按著手機的計算機軟體說道。我漸漸搞不懂她究竟是聰明還是笨蛋。不過，倒也沒錯，可賣給春太或界雄，而且挺環保。想追究環保的眞相，是我太自私嗎（註）？不管是碰上奇妙的辣妹、抵達會場遭悶熱襲擊，或零用錢快見底，都讓我的思考扭曲……

「謝謝惠顧。」

注意到時，我已掏出兩百圓。抱著兩公升的保特瓶，我茫然目送小跑步離去的辣妹背影。

「喂，小千。」

參賽學校的學生堆裡傳來熟悉的聲音。我愣愣轉身，看見春太揮著手走近。他剛去報到，制服胸前別著參賽學校的緞帶。

「我在找妳耶。怎麼？幹嘛抱著那麼大的保特瓶？」

春太天眞無邪地問，我頓時回神。

「有個好心人用兩百圓賣給我的。很棒吧？超划算的。」

春太目不轉睛地觀察我懷裡的瓶裝茶：「兩百圓？」

「實在便宜到不行。」

春太大嘆一口氣，「……是嗎？小千擅長廚藝，但採買都是阿姨負責吧。那個牌子的茶去量販店買，兩公升不用一百五十圓。最低價應該是一百二十圓。」

明明是高中生，卻獨自生活的春太一糾正，莫名有說服力。

「你說啥！」我窩囊慘叫，春太憐憫地瞥我一眼後，掃視會場像在找犯人。「到底是誰？眞是貪財……」

我張大嘴巴，準備描述那女孩引人注目的特徵——

「啊，找到了！」

註：日文中的環保（eco）和自私（ego）發音相近，這句話是諧音雙關。

界雄高興地抱著兩公升的保特瓶和紙杯，穿過人群走來。

「欸，你們瞧瞧，溫的烏龍茶。一杯三十圓，大家一起分……」

我和界雄互望一眼，跪倒在地，頭垂到抬不起來。

●第二個祕密　清新女子高中管樂社會那麼厲害，並非全靠努力或累積練習量。此事不可外傳，其實還多虧由香里提供的能量石保佑。我是說真的。

靜岡縣管樂大賽高中部門。今年的縣大賽於濱松的行動城市（Act City）大表演廳舉行。自東部、中部、西部的地區大賽脫穎而出的二十八校齊聚一堂，以晉級B部門的最終決賽——東海大賽爲目標，較勁演奏。這裡不愧是能上演正式歌劇和歌舞伎的演藝中心，門廳寬敞豪華，即時轉播比賽過程的大型液晶電視前，圍出一道人牆。

十點開演後，間隔著休息，已過一個半小時，上午出場的第八所學校即將演奏完畢。理所當然，沒有地區大賽中那種讓「假裝在吹奏的冒充人頭學生」上場的奸詐學校。不愧是縣級比賽。

賽程準時進行。

下午出場的高中管樂社成員陸續抵達門廳，散發出緊張感。一臉呆愣、毫無緊張感的，只有不曉得怎麼處理兩公升保特瓶的我和界雄。

「搞什麼……」

我喃喃道，望向手表。根據事前拿到的時程表，我們高中的樂器會在下午兩點十分後送達。接下來，以分鐘爲單位，集合、調音、在舞臺旁等待出場、演奏、搬出樂器，是一連串日常中難以體驗到的、媲美當紅藝人的緊湊行程。

我離開圍觀人牆，想起電視畫面。在有限的七分鐘內，可明確感受到在舞臺上演奏的學生，隨著樂曲高漲的情緒。在上高中才學長笛的我眼裡，每一個對手都技巧超群。令人驚訝的是，表演廳坐著不少觀眾。比起地區大賽，我更有膽量，看到觀眾那麼多，益發振奮。我不禁憶起國中在排球社擔任先發選手出賽的情景。

「學姊！學姊！」

一年級的後藤抱著顯然不冰的二公升瓶裝運動飲料過來，我感到一陣無力。怎麼連妳都上當？

「妳一個人跑去哪裡？」

「呃……我靜不下來，躲在盥洗間，像浣熊一樣洗手刷牙。這邊的盥洗間人太多，我跑到較遠的地方。」

演奏前刷牙可以理解，但得等一段時間才輪到我們，接下來還要吃午飯。後藤是爲了縣大賽的正式上場在緊張。

我們各自亮出二公升的保特瓶，忍不住嘆氣。

「學姊，我知道賣這些飲料的是哪間學校。」

「哪間學校？」

「請跟我來。」

後藤有些激動地拉著我的手，我跟在她身後。從鋪地毯的門廳移動到共同大廳後，人多到摩肩擦踵。這裡的牆壁貼著成排海報，裝飾著美麗的花柱，形成一堵與剛才不同熱氣的人牆。不知爲何，眾人或直或橫地拿著手機。春太拚命踮起腳尖，看見圍觀的中心——聚集在共同大廳中央的集團，露出啞口無言的表情。

此時，我終於明白春太爲何如此驚訝。

那是明顯格格不入、跑錯地盤的辣妹集團，她們制服胸前別著代表出賽學校的緞帶，席地而坐。晒成小麥色的肌膚、快露出內褲的迷你裙、電捲棒燙過的挑染亮色長髮，雖然穿著制服的皮鞋，但鞋幫踩得扁扁的。

「是清女啊，學姊。」

躲在我背後的後藤悄聲道。保特瓶蓋戳到我的背，好痛。

「清女？」

「東部的清新女高。去年以前沒沒無聞。」

東部？似乎在哪裡聽過……後藤繼續解釋：

「她們連續兩年打入縣大賽。雖然不願意相信，但剛剛在盥洗間，我聽到有人說她們確定拿下今年的金牌。」

她們？騙人的吧！

（——今年東部氣勢如虹，有一所宛如颱風眼，或者該形容爲高中管樂的革命家……

總之是非常驚人的女子高中，表演精采絕倫。）

我想起在地區大賽遇到的渡邊先生的話。

不不不，怎麼可能……

遠遠圍觀辣妹集團的群眾，幾乎都是年輕男子。不少人開啓手機的攝影功能在拍她們，甚至有一些年紀老大不小的成年人。

那是相當奇妙的情景。面對以鏡頭瞄準她們的群眾，她們滿臉不耐。在管樂比賽會場，打扮得如此招搖，又聚在人來人往的玄關大廳，分明是自找麻煩。看起來，她們一方面追求簡單明瞭，卻又不希望輕易被人理解，實在矛盾……

其中沒有賣瓶裝茶給我的鬈髮凡爾賽少女，可是制服一模一樣。我專注地梭巡四周，撞上妝化得像熊貓的嬌小辣妹的目光。總覺得看到什麼不該看的東西，我急忙別開視線。提心吊膽地轉回去，只見她指著我，扯扯旁邊膚色黑得像巧克力的辣妹制服。我腦海頓時浮現電玩《勇者鬥惡龍》裡的戰鬥場面。

「熊貓妹居然召喚同伴！」

她們想幹嘛？兩人離開團體，聳著肩膀走過來，要是抓著棍棒就更完美了。我的聖劍在哪裡？巧克力妹嘟著嘴，頂出下巴，劈頭丟出一句：

「妳從剛才就一直看什麼看？」

「我沒有！」

對方無故找碴，我忍不住驚叫，忽然察覺兩人盯著我的背後。咦，不是在罵我？我心驚膽顫地循兩人的視線望去，發現後藤躲在我背後，鼻子呼呼噴氣，狠狠瞪著她們。誰來救命啊！

「妳、妳們得向管樂之神道歉……」

後藤額頭抵在我背上，吐出顫抖的聲息。我彷彿變成腹語術人偶。不出所料，兩人將矛頭轉向我。

「知道我們最不爽什麼嗎？就是那種八卦的眼神。妳們的眼神裡，充滿不敢當著我們的面吐出的廢話！」

「廢話！」

我好想按「逃跑」指令。

「喂，有話就說，有屁快放！」

「有屁快放！」

遭到熊貓妹和巧克力妹單方面指責，我實在嚥不下這口氣。可是，我不想在比賽會場上演潑婦罵街，決定不痛不癢地回幾句。

「沒有啦，呃……我覺得妳們都掛著一樣的飾品，很可愛。」

熊貓妹和巧克力妹互望一眼，眉間的狠勁瞬間消失，冷不防堆滿笑容轉向我。

「討厭，被妳發現啦。這是我們的小祕密。」

「喏、喏，妳可以學沒關係，我們幫妳告訴小香香，要她讓妳戴。」

兩人的情緒起伏宛如雲霄飛車，單方面地興奮破表，抓住我的肩膀用力搖晃，後藤手中的保特瓶蓋一直頂到我的背脊。噯，現在到底是什麼狀況？

「我也發現了。」

旁邊冒出一個男生，兩人頓時愣住，轉過頭。原來是看不下去，伸出援手的春太。後藤像寄居蟹搬家，改黏到春太背後。

「妳們身上都有漂亮的石頭飾品，有些是項鍊，有些是髮夾，好像都是紫色。該不會是成套的？」

「這、這是哪來的美少年？」

熊貓妹根本沒在聽春太說話。巧克力妹扯扯她的制服，附耳低喃：

「清女管樂社的鋼鐵紀律，快背！」

熊貓妹猛然回神，吐出一連串話語：「一，嚴禁素顏。二，嚴禁找藉口。」然後，她仰起頭，一臉不甘心地緊緊閉上眼。「三，結束以前嚴禁男色！」

「懂了吧？」

巧克力妹用肩膀頂開熊貓妹，站到傻眼的我和春太面前。她捏起脖子上的項鍊，秀給我們看。現下又要上演哪一齣戲？

「這是我們必勝的祕密。小香香挑的能量石超厲害，戴上才能成爲清女管樂社的一份子。今年預定使用綠寶石，卻臨時換成紫水晶。」

「綠寶石？紫水晶？對高中生來說，不會太昂貴嗎？」春太目瞪口呆地嘀咕。

「……是啊。」我跟著附和。

「不不不，」巧克力妹搖搖頭，「你們意外地不懂流行時尚。這很小顆，也不是精工雕琢，頂多幾千圓。拜託小香香的媽媽買，可以拿批發價。」

哦？不懂流行時尚的我，仔細觀察鑲有小紫水晶的項鍊，滿漂亮的。

「能量石有效嗎？」

我忍不住洩漏眞心話。巧克力妹臉色一沉，顯然是不高興。情況不妙。

「我、我覺得有效。」春太立刻打圓場。「喏，從上古時代，人類就在石頭中感受到神祕的力量，歷史悠久。在宗教中，石頭也具有極重要的意義。不過，我覺得不是石頭本身有意義，而是佩戴的人虔誠信仰，才具有意義……」

「確、確實，感覺能讓大家團結一心。」我拚命試圖補救。

熊貓妹和巧克力妹雙頰鼓脹瞪著我，果然生氣了。打算乖乖道歉時，我發現兩人眼底掠過澄澈的神色。

「團結一心嗎……我不是很懂，但似乎是不錯的話。」

「是啊，我們知道妳不是敵人了。」

兩人留下這兩句，追上開始移動的同伴。春太吁一口氣。

我恍然大悟，當初感受到的疑點和矛盾——

她們將周圍分成敵人和同伴兩類。我似乎有些理解她們賴以生存的人際關係了。

●第三個祕密　我行我素的形象只是表象，其實內部嚴格遵守規矩，執行言論統制。「好煩」、「累斃了」之類的日常對話，及「慶功」一詞，通通禁止。

我在二樓門廳的小賣店發現渡邊先生。他是自由記者，正在採訪東海五縣的管樂比賽。爲了牽制他，我和春太穿過人群，發出「哇」一聲，一起從背後嚇他。只見他差點往前撲倒，驚慌失措。

渡邊先生似乎在打手機，說著「啊，朋友來找我……是，我一定會把錢匯過去」，然後掛斷。

「對、對不起。」

我以爲妨礙到他工作，急忙道歉。

「不，我反倒要道謝。對方講個不停，我十分困擾。對了，你們有沒有見到傳說中的辣妹樂團？」

「辣妹樂團？」

一說出口，我立刻反應過來。哦，是指她們。

「清新女高管樂社。如果你們想繼續成長，最好研究一下她們。」

渡邊先生想報導草壁老師，感覺是在狡猾地轉移焦點，卻也勾起我的好奇心。爲了我們的成長……這是什麼意思？

渡邊先生鬆開領帶，接著道：

「去年她們初次參加縣大賽，拿到銀牌。雖然沒能晉級東海大賽，卻是最具話題性的學校。今年六月，她們參加中部日本管樂聯盟和中日報社主辦的比賽。儘管沒拿下冠軍，但媒體關注的焦點依然是她們。」

聽到這裡，我頓時湧出反抗的衝動，脫口而出：

「撇下認眞練習、奪得冠軍的學校嗎？」

渡邊先生微微苦笑。地區大賽時也是如此，他似乎喜歡觀察我的反應。

「妳以爲她們只是來鬧場的辣妹集團吧？唔，任誰看來都是這樣，但戴上那種有色眼鏡未免太可惜。眾多的參賽學校裡，那麼封建、上下階級明確的管樂社實在罕見。據說，她們的規矩相當嚴格。」

眞的嗎？我忍不住懷疑。那熊貓妹還說什麼「結束以前嚴禁男色」，簡直沒把比賽放在眼裡。什麼叫「結束以前」？難不成今天結束，就能恢復糜爛的生活嗎？果然太瞧不起人。

渡邊先生雙手插腰，望向春太。

「看到事前發下來的賽程表，今天B部門有學校要演奏《蝙蝠》，你應該挺納悶的吧。」

春太默默點頭。《蝙蝠》……有比賽經驗的成島和馬倫提過這件事。尤其是界雄，非常激動。

「她們的自選曲品味一貫，都是Operetta的曲子。」渡邊先生解釋。

「Operetta?」我問。

「就是喜歌劇。這是一種劇情輕快，穿插歌曲的娛樂劇，皆大歡喜的結局是主流。在眾多維也納喜歌劇中，《蝙蝠》是特別知名的一齣，即使放在A部門的編制裡，也是要求高度技巧的曲目，她們竟要以二十人來演奏。非職業音樂家的業餘人士，僅憑少數人，還是在比賽上挑戰。」

「二十人……」春太陷入沉思。「她們靠這樣的編制通過地區大賽？打擊樂器怎麼辦？」

「你滿了解的嘛。」

「依我所知，無論如何都不能缺少小鼓、鈸、風鈴和三角鐵。要減少人數，只能兼顧，或橫心刪掉……」

「她們負責打擊樂器的只有兩個人，但一點都不顯得單薄。」

「兩個人！到底怎麼辦到的？團員的演奏技術很強大嗎？」

我不明白以二十人的編制演奏《蝙蝠》，其中兩人包辦打擊樂器究竟多麼困難。不過，春太這麼驚訝，恐怕爭奪金牌的學校又多一所。對方是這次大賽意外的伏兵。

「不，她們各別的演奏技術還不到全國大賽的水準。她們最出類拔萃的，是使用的樂譜。」

春太陷入沉默，像聽到什麼出乎預料的話。咦？咦？

「樂譜怎麼了嗎？」

我悄聲嘀咕，春太用手肘推我：

「妳啊，我們的樂譜是編曲家幫忙改成管樂用的版本，再由管樂社的顧問老師和相關人員，依樂團的編制和演奏水準進行修正。」

「換句話說，經過分解和重組。」渡邊先生接著道。「像你們這樣的無名高中能夠晉級縣大賽，你們的努力當然功不可沒，但也不能否定得力於其中幾個明星演奏者。但實際上最大的關鍵，是顧問草壁信二郎寫的樂譜。憑著那份樂譜，你們才能勉強填補與其他參賽學校之間的落差。」

原來是這樣。在別人指出之前，我一直沒有明確的自覺。春太並未反駁，同意這項事實。

對方露骨地指出我們現在的實力，有點沒意思。我噘起嘴問渡邊先生：

「那麼，清女用的樂譜有多厲害？」

「她們的樂譜，往後可能會傳遍全日本的高中管樂社。那裡的顧問只是個花瓶，樂譜是社員裡的第二把交椅編寫的。剛才的打擊樂編制，可謂樂譜的魔法。」

春太一臉難以置信，我也一樣。

•第四個祕密　每個成員都曾接受祕密面試，簽下不看電視的切結書。不過，電影DVD和音樂MV，經過社長奈奈子審閱，可能獲准觀賞。

「三年級的遠野京香，是樂團的指揮，最好記住她的名字。她四歲學鋼琴，十一歲拜師編曲家山邊富士彥，學藝兩年。她是山邊富士彥的關門弟子，討厭孩童的山邊富士彥收了個小學生弟子，是圈內人才知道的事。她的音樂品味和編曲才華不凡。」

拜師？這是日常生活中不會用到的詞彙。春太瞪圓雙眼，聽得十分專注。

「我明白你的疑惑。她就讀的是和音樂教育沾不上邊、入學成績很低的清新女高。據說，她畢業後想要留在當地就職。」

「爲什麼？」

「這種情況並不罕見。她父親的公司倒閉，原本能夠提供英才教育的家庭環境不復存在。目前她和母親一起生活。如果山邊富士彥還在世，或許會爲她謀求最好的出路，實在遺憾。」

春太陷入沉默。

「包括她在內，縣內能寫出像樣樂譜的高中生僅有寥寥幾人。他們對管樂圈應該不屑一顧，清新女高的管樂社卻得到寶貴的一人。」

渡邊先生彎下腰，壓低音量繼續道：

「那些寶貴的人材，有一個潛藏在你們高中。我沒見過本人，記得是姓芹澤的女孩。

她是如假包換的反管樂份子，從國中就鬧出許多問題，成爲你們夥伴的機率渺茫。」

在意外的狀況下聽到芹澤的名字，我不禁感到困惑。渡邊先生應該是側面聽聞，並不了解她這個人吧。

芹澤因重度聽覺障礙，被迫對未來做出選擇。光是活著恐怕就是一種痛苦，但她仍設法邁步前進。輕易將她歸爲反管樂份子或同伴，對她的人格是一種冒犯。我認識的芹澤表面冷冷的，可是心地善良，打心底爲姑姑著想。雖然當時不是自願，我卻想起曾和她一起前往Ihatov——岩手花卷的往事。

還有遠野同學……

爲什麼？不管是芹澤或遠野，她們都還那麼年輕、那麼有才華，這個世界太沒道理。在看不到希望的世界裡，飽嘗挫折地活下去，究竟有什麼價值？這樣的現實對我太沉重，難以理解。

「喜歌劇……」

我忽然開口。皆大歡喜的結局……這句話觸動我的心。

「對，虧妳注意到這一點。曾跌入深淵的遠野京香選擇喜歌劇，妳不認爲是有意義的嗎？喜歌劇要求樂器的配合、獨特的節奏和呼吸，格外困難。她們的團結與合作無間的程度，不是全憑反覆拚命練習就能夠達到。任何領域都是如此，我認爲進步的捷徑，得看有多深切的反省、經歷過多少後悔。雖然有人批評她們奇特的打扮不適合參加管樂比賽，但那完全是鬼話。只要『看過』、『聽過』她們的演奏，自然會改觀。」

春太默默聽著。

「舞臺是非日常的空間。在管樂的舞臺上，她們的打扮與表演相映成輝。充滿自信的獨特態度，如一流服務人員般凜然，脫色的頭髮和小麥色的皮膚，更襯托出銅管樂器的美。坦白講，日本學校俗氣的制服，根本不適合登上舞臺。」

我忍不住查看自己的制服。春太一臉複雜，卻又像是同意這番看法。

「《蝙蝠》只聽打擊樂器的部分依然有趣。理當要有多種打擊樂器的編制，她們精挑細選出最基本的幾項，一人身兼多職。不僅納入這首樂曲不可或缺的風鈴，在演奏手法上也發揮巧思，讓音量能響徹表演廳。負責的兩人靈巧駕馭打擊樂器，尤其是被稱爲『千手熊貓』的社員，更是一絕。」

千手熊貓？是指動作像千手觀音、長得像熊貓的社員嗎？總覺得在哪裡見過這樣的人……

「我可以保證，迷你裙隨著節奏搖擺的景象，也讓人捨不得移開目光。」

渡邊先生多餘地加上一句，我腦海浮現他失心瘋狂按快門的模樣。

此時，表演廳的隔音門隨著歡呼聲打開，渡邊先生望向手表。

賽程沒有延遲，應該正好是十二點半。上午的比賽結束，下午的比賽一點半開始。

「小千，走吧。」大概是對剛剛那番話有所感觸，春太略爲消沉地轉過身。

「便當呢？三點四十分才上場，要先吃飯吧？」我和平常一樣，幫春太準備便當。有你最喜歡的厚蛋捲，打起精神啊。

「休息室會空出來，過去跟大家一起吃吧。」

「咻——咻——放閃喔！」

丟下不懂我複雜煩惱的笨蛋大人，我加快離開的腳步。

「喂，那對無腦高中情侶，等一下。」

「什麼！」我幾乎要眞心動怒，撲上去揪住渡邊先生。「無腦我承認，但我們不是情侶！」

「妳剛剛說休息室？」

我的主張完全受到忽視，春太點點頭。

「要是碰到清新女高管樂社的人，方便幫忙交給她們嗎？她們有人在門廳讀，忘記帶走。」

渡邊先生從斜背包裡取出一本書，春太接過來。那是一本包了書套的厚書。會不會是漫畫？我興沖沖湊上前，春太卻沒要打開書本的樣子。怎麼？瞧瞧書名也好吧？

「看來，你還懂得最起碼的尊重。」

渡邊先生佩服道，我困窘地縮起肩膀。他接著說：

「好啦，我平白提供這麼多情報，該輪到你們幫忙吧？傳聞不論出場順序如何，清新女高管樂社的成員都會一大清早到場。」

春太眉頭一皺，「她們是東部代表吧？離比賽會場所在的濱松市很遠。」

「問題就在這裡。或許她們之間有種迷信，我目睹她們擠成一團，專心看著那本書，情景有點嚇人。如果有什麼理由，我滿有興趣的。要是你們能問出來，可以告訴我嗎？」

「若是我拒絕呢？」春太反問。

「即使你們討厭我，我仍自認頗有利用價值。捨棄人脈是你們的自由，不過你不會願意蒙受這種損失吧？」

春太與渡邊先生的視線交會，在空中劈劈啪啪迸出火花。你們把我放在哪裡？

「小千，走吧。」

我追上移動到休息室的春太。

「啊，對了，我剛剛看到草壁信二郎。他和清新女高的遠野京香在一起。」

「咦？」

我和春太停下腳步，回過頭。

「這世界很小，尤其是音樂圈。」

渡邊先生留下意味深長的話，返回一樓大廳。

●第五個祕密　社辦牆上貼著社團守則，其實背後還有別的文字：「簡訊務必在三十分鐘內回覆。尤其是遠野的訊息，五分鐘內要回覆。」

我依序查看分配給下午出場學校的休息室。原本其他學校的學生要走進一間休息室，卻落荒而逃。裡面傳出情緒激動的高亢話聲。

眞假！跟妳說跟妳說，超誇張的，怎麼都不理人家！甘蝦啦！

我探進那間休息室，忍不住倒彈三尺。吃完便當的清水南高中社員和清新女高社員混在一起，幾乎是客滿狀態。看著夜市小雞攤位般黃頭鑽動的景象，我非常能理解剛剛逃走的學生心情。

「是出場順序的關係嗎？總覺得三不五十就遇到她們。」

春太低聲埋怨。這時，休息室角落傳來巧克力妹和成島的爭論聲。

「所以，奈奈姊是當地知名的貼鑽天后啦。奈奈姊做的手機吊飾可以賣到很高的價錢。這就是奈奈姊找到的終極形態。」

清新女高一年級生恭恭敬敬捧起貼著琳琅滿目的水鑽裝飾，令人不敢直視的單簧管。

「這就是傳說中的貼鑽單簧管？搞什麼鬼！」

成島憤慨不已，片桐社長拚命制止。

「妳瞧不起貼鑽單簧管嗎？」

「超勁爆的好嗎？看看這閃閃惹人愛的光輝。」

清新女高的一年級生和成島吵起架，可憐的片桐社長無端捲入。

馬倫坐在稍遠的地方，正在聽耳機，表情嚴肅，似乎是在比較我們昨天演奏的錄音和自選曲的範本。換成是我，聽過一定再也無法振作，但馬倫認爲要有自覺，經常對照檢討。

「呃，穗村學姊。」後藤躡手躡腳走近，小聲問我。「等一下可以借我牙膏嗎？」

「妳不是有帶？」

「不曉得怎麼回事，好像是天氣太熱，壞掉了。」

我疑惑地偏著頭，從包包掏出牙膏遞給後藤。馬倫注意到我們，摘下耳機，轉頭呼喚什麼人。接著，一個穿便服的女孩手按著左耳，從折疊椅站起。

「芹澤！」

我條件反射式地衝過去，像狗一樣哈哈喘氣。

「喂，放開。別人會以爲我們是朋友。」

咦，我們不是朋友嗎？不要說那種冷漠的話嘛。草壁老師就在一旁，他放下小賣店的三明治抬起頭。

「上条同學來得好慢，坐這邊吃飯吧。」

春太急忙搬來兩張折疊椅。我發現草壁老師身邊坐著一個清新女高的學生。草壁老師似乎在和芹澤享用遲了一些的午餐。那個清女的學生臉上抹著薄薄一層粉，但長髮沒染，比起其他成員樸素許多。放在她膝上的保鮮盒只裝沙拉，量很少，我不禁懷疑眞的吃得飽嗎？

休息室裡，芹澤和那女生只有一點顯得突兀。

那就是坐姿。斂起下巴、挺直腰桿的坐姿，在同齡朋友中難得一見。有一種自懂事以來，這種坐姿就滲透到骨子裡，彷彿能夠一動也不動待上數個鐘頭。

她向我行禮，草壁老師出聲介紹：

「這是清新女高三年級的遠野京香同學。她是副社長。」

●第六個祕密　鋼鐵守則第二條「嚴禁找藉口」，真正的意義只有違紀的成員才明白。要是在遠野面前找藉口，奈奈子會罰三千圓。

面對草壁老師、芹澤和遠野的意外組合，我和春太小心翼翼加入，一起吃午餐。

「遠野採用的是不拿指揮棒的方式。連那獨特的指尖動作，都和山邊老師如出一轍。」

聽到草壁老師的話，遠野苦笑著張開手掌。她的指頭又細又白，小指的長度幾乎和無名指一樣，宛如耗費數年精磨的陶器，強勁有力。

「因爲是七分鐘的短自選曲，才能這麼做……而且，我自己也很驚訝。」

她小小聲地說，我卻一字一句聽得清清楚楚。

「爲什麼驚訝？」草壁老師問。

遠野轉向嘰嘰喳喳的清新女高社員。

「多虧有社長，大家才能演奏出合唱般情感豐富的樂曲。我很快就發現不需要指揮棒。」

「剛才我看過她們的樂譜，上面幾乎沒有註記。她們顯然非常信賴妳。」

「沒那回事，反倒是我從她們那裡學到許多。」

我忍不住停下拿筷子的手。草壁老師和遠野，他們彷彿在另一個世界。由一層單薄脆弱、透明的壓克力隔開的世界。看似能跨進去，卻是我絕對進不去的世界。兩人的談話中提到我好奇的名字，但我無法插話。

不知道客氣的春太微微傾身向前，出聲問：「山邊老師，是那個編曲家嗎？」

「山邊富士彥，」留神聆聽的芹澤補充說明：「原本是長笛演奏家，後來成爲指揮家，曾是茱莉亞音樂學院的副教授。他在多倫多交響樂團擔任過四年的指揮。」

「茱莉亞音樂學院……在歐洲？」春太問。

提到音樂，我也會想到歐洲。

「是紐約。」草壁老師回答。「往後如果打算出國留學，成爲職業音樂家，最好拋開學音樂就要到歐洲的迷思。茱莉亞學院有獎學金留學制度，對日本的音樂學生相當優待。他們支持有才華的年輕人，在那裡更容易開創未來。」

我隱約察覺這是給遠野的建議，但她低著頭，靜默不語。

「山邊富士彥是草壁老師的恩師，遠野同學有段時期也拜他爲師。而我和遠野同學曾在同一個鋼琴教室學琴。」芹澤似乎注意到我們的疑惑，爽朗地說完，一口氣吸光鋁箔包果汁。

我恍然大悟，原來三人有這種關聯……

「山邊老師是怎樣的人？」春太提問。

「怪人。」遠野簡短評價。只有這樣？

「對，完全沒錯。」草壁老師微笑，像是在緬懷過去。

「小千，很有親近感吧？」

「幹嘛問我？」總算能加入會話，我感激涕零。原來我能參與的關鍵字是怪人嗎？

表情陰沉的遠野咯咯笑起來，我鬆一口氣。她比較適合笑容。草壁老師改變話題：

「遠野同學和芹澤同學上的是怎樣的音樂教室？我猜是要搭電車或新幹線才能到的距離吧？」

「我嗎？」芹澤微微板起臉。「討厭，那全是辛酸的回憶……遠野同學呢？」

聽到芹澤指名，遠野閉上眼，嘆一口氣：

「小時候，我壓力大到看著鋼琴，就會嚇得當場失禁。約莫是這種感覺。」

我含住裝著二公升茶的瓶口，差點「噗」一聲全噴出來。

「啊……抱歉，我講得太直白。」遠野慌了手腳。「可是，這是真的。在養成壞習慣前，就會矯正坐姿和彈琴的手勢。老師往往滿不在乎地拿鞭子打人。」

那種殘酷的斯巴達式英才教育，令我倒抽一口氣。不過……比起我不知道的往事，我更在意她面前的沙拉，一點都沒減少。不曉得是不是心理作用，遠野的臉頰有些凹陷，瞳眸下方冒出淡淡的黑眼圈，彷彿長期睡眠不足。

我察覺一道視線，轉頭一看，恰恰與一臉不安的熊貓妹四目交會。

●第七個祕密　這真的很恐怖，練習結束後，在名為「茶會」的會議上，社員都要吃下別人送的、加一堆「白粉」的食物。

有人進入休息室，引起清新女高的社員一陣騷動。是那個凡爾賽鬈髮女生。她揹著空掉的背包。

「啊，奈奈姊。」

「奈奈姊！」

「呼，累死了。我這種笨蛋要和笨蛋高中生做笨蛋生意，眞夠累人的。簡直是笨蛋的無限循環。用一瓶九十八圓進貨，總算是値得了。」

聽到她的問題發言，我、界雄和後藤像動物園裡的狐獴一樣唰唰唰站起來。她嚇一跳，卻沒有不好意思的樣子，笑吟吟說著「多謝惠顧」，朝我們走近。

遠野稍微拉開折疊椅，爲我們介紹：

「她是社長藤島奈奈子。」

不同於那副外貌，奈奈子中規中矩地行禮。草壁老師和芹澤分別簡短自我介紹，她的表情有著微妙的變化。

「同一個恩師？以前的朋友？」

「……那我就不打擾了。」

草壁老師收拾三明治的包裝紙，芹澤準備跟著離開，但奈奈子搬來折疊椅：

「不會，我能一起坐嗎？」

我瞄到坐下時，她咂一下舌。春太小心翼翼觀察著她。

「我臉上有什麼東西嗎？」

奈奈子翻著白眼，尖銳地問春太。春太急忙思考怎麼回應：

「……大家好像只有臉沒晒黑。」

奈奈子指著自己的臉，「噢，我們社裡有人的媽媽開美容沙龍，可以免費助晒。雖然臉沒晒黑，但用深色粉底打底，再把眼周畫黑，貼上假捷毛，及塗上睫毛膏，就完成一個清女管樂社成員。」

我大為佩服，但春太有些不滿意地盯著奈奈子。

「啊，對了，你問只有臉不晒黑的理由？怕老後會長滿斑。」

「身上的斑就沒關係嗎？」春太追根究柢。

「反正衣服遮住又沒差。」

「如果穿短袖或泳衣呢？」對方一回答，春太馬上反駁。

「你怎麼那麼愛鑽牛角尖？雖然長得帥，小心會被女生討厭。」

春太張大嘴巴，一副大受打擊的表情。

「告訴你，外表很重要。我們是想視狀況和情勢，做出各種變化。」

這時，一名學生叉著腿出現在奈奈子背後。成島一臉氣呼呼，指向清新女高一年級生寶貝地捧著、貼滿水鑽的單簧管：

「不管怎樣，那都太過火了吧？」

成島的語氣隱含沉靜的怒意。

「……我覺得滿好的啊？」

奈奈子回頭，雙眼射出凶光，似乎十分習慣和別人吵架。面對這種令人冷汗直冒的情況，成島的氣勢不減。

「那樣會影響聲音，也可能導致調音失準。原本的音色要是變得混濁，該怎麼辦？」

「哦，我會親自聆聽調整，不勞費心。遠野也會幫忙確認。欸，老實說，這點雞毛蒜皮的小問題，沒什麼好計較的吧？」

「雞毛蒜皮？」成島臉色大變。

「嗯。如果是錄音，或許影響很大，但我們是在充滿障礙物的陌生表演廳演奏吧？天花板的高度、觀眾人數的多寡、濕氣，真要挑剔，有數不清的妨礙因素。今天的表演廳也一樣，高音意外容易散掉，妳沒發現嗎？」

成島瞪大雙眼：「妳曾經參賽？」

「單簧管我從國中就在吹了。剛才談到的，是副社長遠野告訴我的。接下來是我的真心話。能吹出怎樣的音色，靠的是演奏者，不是樂器。只要使用熟悉的樂器，在正式比賽中發揮出八成以上的實力，無論是何種方法，都沒什麼可批評的。」

成島頓時沉默。對於奈奈子的主張，她沒否定也沒肯定，默默轉身。

「要是冒犯到妳，我道歉。」

奈奈子對成島的背影說，成島搖搖頭。但奈奈子仍真誠道歉：「對不起。」我偷覷草壁老師的臉色。他旁觀兩人的交談，沒有干涉的意思。

奈奈子嘆一口氣，瞥見遠野裝沙拉的保鮮盒，從袋子裡摸出東西。那是一盒六個的御萩餅（註）。她放到遠野膝上。

「這是妳喜歡的細豆沙餡，當點心吃吧。」

遠野似乎吃不下，於是應道：

「呃，不然大家一起……」

「妳吃。」

聽到那尖銳的語氣，休息室裡的清新女高社員全屏住呼吸。奈奈子不理會畏怯的遠野，剝著香蕉皮，默默啃咬。

「又不是大胃王，要一次吃六個御萩餅，未免太強人所難。」

芹澤看不下去，高聲反駁，對上奈奈子的目光。奈奈子凶狠地蹙起眉，芹澤不禁退縮。室內陷入尷尬的沉默，草壁老師傾身向前，剛要出聲調解，巧克力妹忽然開口：

「就是說啊，那我也來一個。」

「啊，由加也要！」

清新女高的四名成員一齊衝過來，打開釘書針封住的塑膠盒，抓起御萩餅塞進嘴裡。

奈奈子頓時傻住，但僵硬的臉稍稍放鬆。

「由加，最近妳下巴好像跑出來嘍？」

「我自己招，其實這一個月我胖了三公斤。」

清新女高的四個社員大嚼御萩餅，不時互虧，帶著暗示的眼神偷覷遠野。剩下兩個御萩餅，她的側臉看起來似乎眞的食不下嚥。奈奈子拿起一個，遠野嚇一跳。然後，奈奈子把御萩餅放到嘴裡咀嚼，像在爲孩童示範。

「……好吃。大家都吃了，妳也吃吧。」

●第八個祕密　遠野以外的成員，被迫讀奈奈子推薦的指定書籍，寫下感想。那本書的作者是知名的恐怖作家。

下午的比賽終於開始。

門廳再次擠滿參賽學校的學生，氣氛火熱。大型道具的搬運口，出場號碼二十二號的高中使出人海戰術，將卡車卸下的樂器搬運到後臺。十分鐘後，輪到下一所高中，忙亂得好似戰場上的醫療班。會場各處安插別著臂章的高中生志工，負責帶路和控管時間。在比賽的獨特氛圍中，不知不覺提高上場前的緊張感。

我們在稍遠處的停車場等待卡車抵達。

其實，卡車早該來到大型道具搬運口，並卸完樂器。但我們左等右等，就是等不到卡

註：別名牡丹餅，以紅豆沙包裹麻糬餡製成的日式甜點。

車，只得讓後一號的學校先搬樂器。

正式上場前居然發生這種意外。卡車出發後捲入嚴重的塞車狀態，但司機認爲一定趕得上，直到下午賽程即將開始才聯絡草壁老師。

成島焦急地凝視馬路盡頭，身爲寶貴男性搬運工的馬倫雙臂交抱，閉著眼，春太和界雄則在做柔軟操，邊等車來。礙於預算，我們學校僱的卡車沒有電動升降機。手推車數量有限，也沒有輔助人員幫忙搬樂器。

「馬上就到。」

草壁老師結束手機通話，要大家集合。下午兩點十分的搬運時間早就過去，快來不及了。

「我們會加快動作。」片桐社長察覺社員的焦躁。

「不用急。」

「咦？」眾人一陣驚訝。

「還有時間調音和排演。最糟糕的情況，減少一點排演時間也沒關係。重要的是卸下和搬運樂器時不要受傷，拜託大家。」

雖然明白老師的意思，可是……我心情複雜地點點頭。這時，後藤揮著手：「來啦！」卡車總算抵達，一等車子停下，大家便同時動起來。

停車的地點不太好，離大型道具搬運口有段距離。

草壁老師、片桐社長和春太率先爬上卡車貨斗，陸續卸下用毯子包裹的大型打擊樂器。馬倫和界雄接過，我和成島一邊幫忙，一邊拆掉毯子。一個人可搬動的樂器，便讓一年級生先搬過去。

爲了今天，一直刻苦努力的成島焦急萬分。她想獨自接住大型定音鼓，卻尖叫一聲，失去平衡。當下我忙著拆膠帶。

「笨蛋，冷靜點！」

千鈞一髮之際，一隻小麥色的手連同定音鼓撐住差點跌倒的成島。抬頭一看，是清新女高的社員。

「妳們……」

草壁老師從卡車貨斗探出頭。清新女高的出場號碼是二十五，在我們前一號。奈奈子跳上卡車貨斗說：

「我們早就搬完，實在是看不下去，就來幫忙。」

「可是……」

「有難同當嘛，又不是被逼著來的。要謝的話，去謝遠野吧。」

草壁老師眨著眼回視奈奈子，然後望向跑近的遠野。

「眞不好意思……」

「這沒什麼。」

奈奈子俐落地對清新女高的社員下指示。一開始來幫忙的有八人，接著一個個增加。她們整然有序，有條有理，不愧有參賽經驗，相當可靠。她們分別先請通道上的人讓開，再迅速將大型樂器搬到後臺的保管室。人手多果然不一樣。好厲害，太厲害了！多虧她們的幫忙，及時搬完樂器，而且離預定集合的二點五十五分還有一些時間。

暴風般的樂器搬運工作結束，眾人重重吁一口氣。

「謝謝……」

成島消沉地向奈奈子道謝。奈奈子一語不發，握拳輕捶成島的肩膀，轉身離開。巧克力妹頂替她似地走過來。

「欸，妳們在休息室有沒看到什麼東西？」

「什麼東西？」成島突然想起般回答，「啊，妳說書嗎？」

書……？

「對。我們很早到會場，又有空閒，便帶著書。那是向奈奈姊借的，萬一弄丟會挨罵。別看她那樣，她會使出大旋轉摔角技教訓人。」

那個恐怖的奈奈子，在有段距離的地方與草壁老師交談。這麼一提，樂器搬到一半，遠野就消失無蹤。我東張西望，不曉得她跑去哪裡？

成島呼喚一年級的學妹。她們匆匆跑來，從手提包取出幾本書，其中有渡邊先生交給春太、包著書套的厚書。巧克力妹全部接過去。

「好像都是同一本書……？」

大概是心情上從容了些，成島感興趣地問。

「是啊。我不喜歡看書，但這是奈奈姊貼鑽打工買給我們的。不夠一人一本，所以輪流讀。唔，作者叫什麼……是外國人……史蒂芬．席格？」

「咦？」成島有些錯愕。

「不……還是史蒂芬．史匹柏？」

總覺得搞錯方向。

「是不是史蒂芬．金？恐怖小說粉絲聽見會哭的。」成島指責似地糾正。

「對對對，史蒂芬．金，夠嗆的。」

史蒂芬．席格→史蒂芬．史匹柏→史蒂芬．金，確實夠嗆。

「我也喜歡史蒂芬．金，最愛的作品是《再死一次》。《戰慄遊戲》關鍵的地方，原作與電影不一樣。」

面對成島的附和，巧克力妹曖昧地點點頭，垂下目光。

「……我不喜歡。我們努力在讀的內容，是講要讓一個狂拉肚子的人忍著不上廁所有多困難。」

「換個角度想想，滿驚悚的。」

我悠哉插話，成島卻歪起頭。哪裡不對嗎？

「總之，謝啦。我先走一步，妳們加油。」

巧克力妹奔向奈奈子，奈奈子點點頭。在她的一聲令下，清新女高的社員集合。熊貓妹確認是否全員到齊。好久沒看到運動社團式的點名。

「等等，遠野呢？」

奈奈子很快打斷點名，熊貓妹焦急地東張西望，清新女高的社員一陣騷動。遠野果然是在搬樂器途中不見。

「笨蛋！千叮嚀萬囑咐，不就是要妳們盯住她！」

奈奈子激動斥責。

「對不起、對不起，因爲幫南高搬樂器，沒空注意——」熊貓妹道歉，忽然一驚。「啊，不能找藉口。」

「現在不是管那些的時候。」巧克力妹冷靜吐槽。

「可是，明明是遠野要大家幫忙南高的。難不成她是爲了擺脫監視……」

奈奈子面色鐵青，咂舌喊道：

「聽著，C調音室的集合時間是兩點四十五分。在那之前，大家分頭找到遠野！」

清新女高的社員全都臉色大變，立刻分散到會場。

「她們怎麼啦？不是快正式上場？」

累得四肢無力的片桐社長拿毛巾擦汗，喃喃自語。

「不太對勁。」成島望著她們消失在人群中的背影。「不管是剛剛休息室的御萩餅，或輪流閱讀的書……我第一次看到《談寫作》這個書名。」

談寫作？總覺得書名跟她們搭不起來。這麼一提，巧克力妹說她們正努力研讀那本書。在管樂比賽會場，一起努力研讀如何寫作的指南書……成島的懷疑十分合理，確實古怪。

不過，我更好奇一件事。她們對遠野用上「盯著她」、「監視」之類可怕的字眼。

（──聽說，不論出場順序如何，清新女高管樂社的成員都會一大清早到場。）

我想起渡邊先生在意的傳聞，那應該不是迷信。盯著她、監視……到底是怎麼回事？聽起來像是比賽當天，眾人一早就在監視遠野的行動。

唯獨一點毋庸置疑。清新女高管樂社的成員解決我們的麻煩，卻碰上別的麻煩。上場時間迫在眉睫。

「成島同學，妳剛才說的事，能不能告訴我詳情？」

草壁老師插話。

「小千。」

一隻手抓住我的肩膀──是春太。

「妳不覺得清女的社員以遠野爲中心，隱藏著重大的祕密嗎？」

……我有同感。我隱約注意到她們之間的不協調。她們的團結，並不包括遠野在內。

不知爲何，我有這種感覺。

「手機借我。妳的手機通訊錄裡，有地科研究社的麻生的聯絡號碼吧？」

我急忙從制服口袋掏出手機，調出麻生美里的號碼，交給春太。當然，手機在會場已調成靜音。

「你打給麻生幹嘛？」

「紫水晶能量石。」

「咦？」

「她們提到，做成項鍊或髮夾佩戴在身上，才能成爲清女管樂社的一份子吧？一定是爲了實現某些心願。我想知道的是，她們究竟在比賽會場祈禱什麼心願成眞？希望她會接聽……」

春太耐心等待手機鈴響，接著眉毛一挑。電話接通了。

•第九個祕密　出賽成員幾乎每天輪流離家出走，不知原由的遠野會收留她們，讓她們在家裡過夜。但離家出走的參賽成員，沒有一個人向遠野傾吐自身的煩惱。社長奈奈子下令，要她們一直守在遠野身邊。

我們在A調音室前等待。

我拿著長笛排在隊伍後方，踮起腳尖，只見長長的通道另一頭，是C調音室緊閉的門。分頭去找遠野的清新女高社員回來了嗎？沒看到她們，也沒傳出類似調音的動靜。

我一陣不安。A調音室即將空出，包括草壁老師和春太，不知爲何，連後藤都消失不見。正式上場的時間一分一秒逼近，他們三個到底去哪裡？

春太打手機給麻生後，不是找我，而是和草壁老師商量。兩人迅速行動，和清新女高的社員一樣，分頭尋找遠野。

到現在都沒回來……

連後藤也不見……

我無法再忍耐，把長笛塞給成島，離開原地。

「穗村！」

成島在背後呼喚，我留下一句「馬上回來」，步向一樓門廳。

我穿過通道，依序查看休息室，來到二樓時，發現奈奈子和巧克力妹的背影消失在通往女廁的方向。情急之下，我瞄一眼手表。清新女高的調音時間比我們早十分鐘。這種時候居然悠閒地去上廁所，實在令人納悶。我急忙趕到女廁，背貼在門口牆上。窸窸窣窣的交談聲傳來。

（所以……不管怎麼找……的東西，都沒找到啊。）

是巧克力妹，她繼續說著：

（相信……吧。今天大家一早就集合進行監視，不用擔心啦。）

（可是，六月中部大賽時……把……帶到會場。今天都那樣……檢查過……的東西，一定有什麼不讓我們發現的方法……）

是奈奈子。她們似乎在談論遠野。遠野到底把什麼帶到會場？我屏息豎起耳朵。

（爲什麼……沒盯緊……）

奈奈子責備巧克力妹。

（對不起，今天我們五個人一直在監視……而且奈奈姊操心過頭啦。）

（眞的不妙……在休息室遇到以前的朋友。我聽她提過，那是國中就參加職業樂團表演的芹澤。……大概會想起以前，她恐怕很難受……）

（奈奈姊，總之先離開這裡吧。調音時間到了。……會回來的。我們吩咐一、二年級生先搬樂器……）

奈奈子吸吸鼻子。

（……不行了。我們……到此結束……）

（奈奈姊，不可以說洩氣話。我們一直以來的努力並沒有白費……喏，這一個月……笑得那麼開心。我們就像一年級時……）

（………）

奈奈子和巧克力妹匆匆走出來。巧克力妹看到我，怪叫一聲：「嘎！」奈奈子推推巧克力妹的肩膀，要她先去調音室。擦身而過時，巧克力妹瞪我一眼。

奈奈子向我招手，我們一起走進女廁。我感覺像被學姊抓去教訓的學妹，但她倒是挺直接。

「喂，妳聽到多少？」

「大、大概從頭到尾。」我傻傻坦白。「可、可是，幾乎都聽不清楚。」

「沒辦法，畢竟這裡是公共廁所。」

「我、我不會告訴任何人。」我壓抑著顫抖。「眞、眞的，我發誓。要我賭咒也行。」

「說出去沒關係。」

「咦？」

「最糟糕的情況，就是清女管樂社今天解散。」

清新女高管樂社解散……什麼意思？

畜生！奈奈子罵了句髒話，垂下頭。長長的鬈髮滑落肩膀，她緊握拳頭重重敲打洗手臺邊緣。

忽然，外面的通道傳來春太的呼喊。我彷彿得救，探出頭。

「藤島同學！藤島同學！清新女高的藤島同學，妳在哪裡？」

「春太，這邊。」我叫住就要跑過通道的春太。

「咦，小千？」

「藤島同學在裡面……」

奈奈子擦乾眼淚來到通道，訝異地回望春太。春太衝上前。

「我們找到遠野同學了，正在找妳。」

「咦，」奈奈子一臉驚訝，「她在哪裡？」

春太壓低音量回答：

「她在離大廳最遠的盥洗間拚命搜尋失物。我們學妹和顧問草壁老師找到她，剛回到C調音室。清女的社員已集合。」

奈奈子剛要推開我們過去，春太抓住她的胳臂。

「你幹嘛？」奈奈子目露凶光。

「看妳一臉凶相，妳想做什麼？」

「不關你的事！」

奈奈子粗聲說著，甩開春太的手，但春太再次抓住她。

「草壁老師拜託我過來。他要我先讓妳有個心理準備，再帶妳去調音室。要是妳直接過去，感覺會不分青紅皀白，直接給遠野同學一巴掌。」

奈奈子的臉上浮現不安的神色，想掙脫春太的手。「你們懂什麼！」

春太以蠻力拉近奈奈子，嚴肅注視著她。看到男子氣概十足的春太，我心頭噗通亂跳。

「我們已知道眞相。沒時間，我長話短說。聽著，首先是爲了提升團結力，清女社員佩帶在身上的紫水晶。那是祈願的道具吧？據說在希臘文裡，紫水晶是不向誘惑屈服的意思。」

奈奈子盯著春太。

「對那玩意成癮的人，會傾向避免攝取具有糖分和高熱量的食物。反過來說，只要進食，就能壓抑渴望。所以，即使用逼的，也必須讓她吃東西。」

我想起休息室的御荻餅。奈奈子用力閉上眼。

「直到最後我都不明白的，是妳要大家一起讀的書，史蒂芬・金的《談寫作》。經草壁老師緊急調查，據說史蒂芬・金和遠野同學一樣，曾爲成癮問題所苦，《談寫作》也是描述克服過程的紀實作品，內容驚心動魄，想必是妳拚命找到的作品。只看書名和作者，遠野同學猜不到內容，更重要的是，不必告訴大家她的痛苦，就能一起分擔。」

我實在不懂春太在說什麼。

「直到剛才，清女的一年級和二年級生都拚命尋找遠野同學。但她們看起來非常不知所措，有些社員很害怕。某些祕密只有妳們三年級生知道，沒直接告訴學妹，對吧？」

奈奈子猶豫片刻，吐露心聲似地開口：

「……告訴我，遠野藏在哪裡？她怎麼瞞過我們九個人的眼睛？」

春太從制服口袋取出一管牙膏，旋開蓋子一擠出，內容物滴落掌心。咦？我詫異地發現，混濁的泥水狀牙膏逐漸堆積。

「遠野同學三不五時跑到盥洗間，我們有個社員恰巧在她旁邊刷牙。那個學妹叫後藤，她不小心拿錯遠野同學的牙膏。草壁老師已確定過內容物。」

這是……壞掉的牙膏……？

「牙膏裡摻雜大量伏特加。」

•第十個祕密　如果上述九個祕密構成的「戒酒課程」都無法拯救遠野，我們得負起責任，解散清新女高的管樂社。這是我們最後能留給遠野的……唯一的……

奈奈子無聲嘆氣，雙手捂住臉，像是不想讓人看到表情。沉默片刻，她放下手。

「爲什麼專挑喜歌劇，你明白了吧？遠野情緒一不穩定，就會喝酒請假不上學。要是她就這樣畢業，恐怕會變成廢人。將來會比我們這些曾經墮落的不良少女更慘。」

那是帶著自嘲的呢喃。接著，奈奈子平板地繼續道：

「我們的活躍引來媒體的矚目，今天也不例外。遠野和我們不一樣，還有大好前途……我這麼認爲。正因如此，更希望她戒掉惡習。遠野明明討厭孤獨，卻愛搞自閉。不能放任她一個人胡思亂想，所以我們立下嚴格的規矩，設下許多限制，拚命動腦希望幫她戒除。充滿酒精廣告的電視節目，絕不能讓她看到。成癮就是從逃避開始的吧？於是，我們決定凡事不找藉口。」

奈奈子盯住春太手中的牙膏，像要調整呼吸似地嘆一口氣，微微張開顫抖的嘴唇：

「好傻，遠野實在太傻……我們也是笨蛋，居然把她逼到那種地步。我忘記遠野根本不在乎味道。爲了壓抑不安、爲了忘掉過去，味道怎樣根本無所謂。」

酗酒……無論如何都要抓到證據的奈奈子等人，還有做到這種地步也要隱瞞的遠野，我感覺到雙方驚人的執著。

「這是不動如山的證據。明知可能是最後一場比賽，她卻還想喝酒。全是你們害的，都怪顧問老師和芹澤多嘴，她才會想起自己悲慘的處境。」

奈奈子從春太手中搶過牙膏，推開春太衝向調音室。

「——春太！」

我扶起一屁股跌坐的春太，一起追上去。馬上輪到我們進行調音，而清新女高的調音時間已過大半。

我們兩階併作一階衝下樓梯，來到調音室並排的通道，看見奈奈子上氣不接下氣佇立的背影。

草壁老師拿著樂譜，擋住通道。老師的旁邊是熊貓妹和巧克力妹等八名清新女高社員，一看就知道都是三年級生。共同分擔祕密的三年級生……

「奈奈姊！」

「給老師添麻煩了。」

八個人衝過來，奈奈子神情緊繃。她抬頭望著草壁老師，行一禮。

「不是說有難同當嗎？」

聽到當時自己說過的話，奈奈子微微一笑，亮出手中的牙膏。

「老師都知道了吧？」

「嗯。」草壁老師點點頭。「接下來，妳有何打算？」

奈奈子垂下目光，低著頭。她的視線在地上游移，似乎在思考。半晌後，她開口：

「……到此結束，管樂社今天解散。戒酒的最後手段，聽說有個方法叫『沉淪到底』。從現在起，我們要讓遠野經歷深淵。其實我們不想這麼做，畢竟她已一度跌落深淵。不過，只要能拯救她，我們怎樣都無所謂。」

居然做到這種地步，我和春太聽得目瞪口呆。清新女高的八名三年級生一臉沉痛。奈奈子浮現虛幻的笑容，像是告訴自己般，淡淡繼續道：

「我腦袋不好，不太會解釋。不過，看到生活在籠裡的鸚鵡不能自由飛翔，你們會覺得可憐嗎？遇到遠野之前，我從沒想過這一點。因爲鸚鵡一出生就在鳥籠裡。一出生就知道自己的侷限在哪裡，眞的很幸運啊。」

奈奈子的眼角滲出淚水。

「遠野帶領我們見識新的世界，讓我們體驗到在舞臺上演奏完畢，掌聲響起的瞬間。那一瞬間，我們彷彿從籠中釋放出來。即使知道侷限在哪裡，依然覺得能夠盡情飛翔。遠野告訴我們，還有這樣一個世界。所以，爲了她……我們什麼都願意做。」

熊貓妹和巧克力妹吸著鼻涕。草壁老師注意到她們，深深吸一口氣，盡可能冷靜解釋：

「六月的中部大賽結束後，她一滴都沒沾。」

「那她爲什麼帶著這種鬼玩意？」

「她很害怕，於是偷偷帶在身上，當成守護妳們的舞臺到最後一刻的手段，終極手段。」

「騙人！遠野不惜如此也想逃避的，就是淪落到跟我們這群廢物混在一起的現實。」

才不是！我非常想反駁，但沒出聲。那不是今天認識的外人能夠隨意評斷的事。可是，可是，可是可是可是……

奈奈子解下紫水晶項鍊想扔掉，我反射性地動作。像是空手奪白刃，我抓住她的手。

「你們兩個從剛才就在搗什麼亂！」

「不，呃，就……」

我支吾其詞，草壁老師瞥我一眼，微笑著走上前。

「我告訴妳樂譜的祕密吧。」

草壁老師將樂譜遞給奈奈子。

「妳聽說了吧？這份樂譜，遲早會傳遍全日本的高中管樂社。理由不只是編曲極爲傑出。」

以奈奈子爲首，清新女高的社員聚焦在草壁老師身上。

「即使現在的臺杜三年級生畢業，清新女高管樂社的社員減少，依然能用同一份樂譜演奏。換句話說，這份樂譜的編制是可以增減的。要做出這樣的編排極爲困難，需要高超的編曲能力，及讓社團延續下去的堅強意志，否則無法完成。遠野同學不想逃離妳們，也不希望管樂社解散。她決定守護往後將會出現的第二個、第三個與妳們相同年代的少女的歸宿。爲什麼妳們不相信她呢？」

奈奈子漆黑的瞳眸睜大。

「……遠野怎麼說？」

「她不想連妳們都失去。」

奈奈子的嘴角顫抖，望向手表。

「……晚了十分鐘。」

「爲了挽回妳們的信賴關係，在舞臺上全力以赴，這十分鐘的延遲是必要的。遠野同學在C調音室等妳們。她應該正在思考如何調音和排演，好彌補落後的時間。」

奈奈子沒有動作，草壁老師靜靜催促：

「快去吧。」

「…………謝謝老師。」

奈奈子擠出聲音似地低喃，八個人的手接連搭上她的背。

幻想風琴

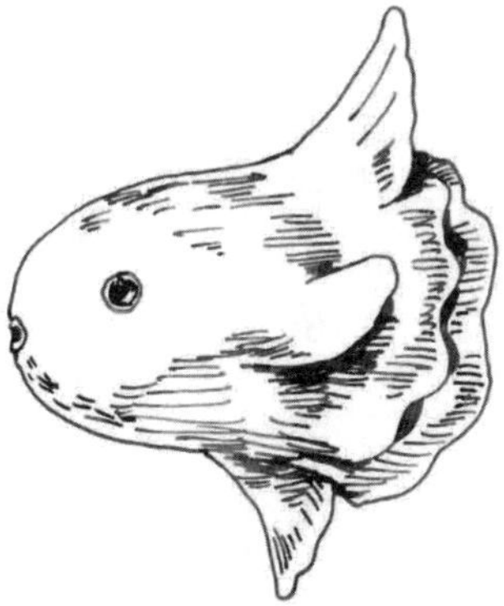

都快邁入三十大關了，我的人生是從什麼時候開始，墮落到得跟曼波魚打交道的地步？

雙眼距離太開的長臉男，大搖大擺地坐在皮革椅上，晃著水果糖鐵罐。鐵罐發出嘩啦啦有質感的懷舊聲響，掉出一顆白色薄荷糖。依我的常識判斷，沒中獎。男子露出苦澀的表情，卻沒把糖放回罐子，而是丟進口中。搞不好他是個值得尊敬的人——我硬是這麼說服自己。

我的上司是曼波魚。

迴游於都會人群中的曼波魚，偶爾會造訪分店，勤快查核業績與財務狀況，然後游往下一家分店。縣內好像有十幾間跟這裡一樣的分店。

曼波魚嘟起嘴，拖著嗓音開口：

「甘巴（註）啊，這話只告訴你，其實我昨天被叫去總店。最近爲了促進組織活性化，會有大規模人事異動。」

「哦？」我對這類話題興趣缺缺。

「我推薦你當分店長。」

身爲受僱所長的我當分店長嗎？這表示曼波魚要晉升爲團長嘍？升遷的速度非比尋

常。

「怎麼沒啥反應？」

「哇，太讚了！」

「你這傢伙還是老樣子，眞難伺候。」對我瞭若指掌的曼波魚面無表情地說。「當上分店長後，可不能再耍笨。」

我恢復正經，嘆一口氣：「就是說啊。」

「收入會變成兩倍以上。順利的話，很快就能還清債務。」

「嗯……」

望著天空，我茫然應道。坦白講，在這家公司升遷，一點都不開心。我待在這裡，是因只要做出業績，便能早早下班，還能自由請假。

我有四個部下。

嘿咻、學者、詩人、波波。

我的目光掃過在事務所裡拚命工作的他們。關於業務內容，可說是論件計酬的電話行銷。手邊擺著向個資業者買來的各種名單，全心全意地按著手機。即使電話打通，肯聽到最後的人也少之又少。雖然有教戰手冊，但在這個業界，需要的是強勢與溝通的才能。嘿

註：此一綽號應是來自動畫《甘巴大冒險》（ガンバの冒険）（或譯《小老鼠歷險記》、《頑皮鼠歷險記》）的主角名字。

咻和學者狀況絕佳。

「我啦我啦，沒錯，是廣樹！阿嬤，好久不見！」

「你兒子性騷擾別人被抓了。」

「其實是我幫朋友當保人啦，結果那個朋友居然跑路。」

「對，沒錯，這樣下去他會遭警方逮捕。一定會被公司炒魷魚。」

「快點匯錢救妳金孫啦！」

「現在的話，還有可能私下和解。」

兩邊似乎都被掛了電話，但他們擁有不屈不撓、百折不摧的鋼鐵精神，年輕真教人羨慕。詩人完全是輔助角色，在嘿咻和學者愈來愈誇張的劇情中，扮演朋友和律師加入。他假裝車禍受害人的孕婦說話時，我簡直看傻了。那「吸吸吐」的喘氣聲，是拉梅茲呼吸法嗎？蠢不蠢啊？

只有一個人按手機的動作停滯。

是臉色很糟的波波。這個月他一件案子都沒成功。別說這個月，進公司後，根本不曾成功。原本就缺乏的活力，隨著一通通電話逐漸流失。波波在家鄉有個身障的妹妹，微薄的底薪大半都寄回家。

——你不適合幹這行啦。

我在心中咕噥。曼波魚嘴裡發出「喀啦」一聲，咬碎糖果。

總是坐二十分鐘就游往下一站的曼波魚，今天不知爲何賴了許久。

我有一種不祥的預感。快順著海流離開吧，曼波魚天敵很多，人類也吃曼波魚。

水果糖罐「嘩啦啦」搖動的聲響，如同商店街搖獎機般反覆著，總算搖出一顆橘色糖果。以我的常識來看，是中獎了。曼波魚似乎很開心，與我對望。

「我說甘巴啊……」曼波魚張開噘起的嘴。

「什麼事？」

「這個月的營收，能不能加個兩百萬左右？帳冊那邊我會幫你抹掉。」

看吧。我立刻牽制道：

「光是達到分店規定的業績都十分勉強。」

「所以要你想想辦法，我不是這樣拜託你了嗎？」

我默默觀察低聲下氣的曼波魚。是拿分店收來的錢當本金，瞞著總店偷偷放高利貸，卻收不回來嗎？雖然是他自作自受，但絕非與我無關。曼波魚詭異的地方，就在於他沒拿我的升遷當交易的酬碼。

「這個月只剩下五天。」

「我不是在問爲什麼辦不到，而是在問怎樣才能辦到。」

我可不想在這種血汗公司，聽到正向過頭的意見。乾脆唬攏過去嗎？

「除非施展魔法，否則眞的不可能。」

「那你就施法啊。」

我皺起眉，曼波魚壓低話聲：

「……你的同伴裡，有個沒用的傢伙吧？」

我們同時轉頭。是在說波波。曼波魚在我的耳後悄聲細語：

「把他給我吧。」

「你要把他賣去鮪魚船，或北海捕蟹船嗎？」

「那傢伙沒辦法。不是那種地方，我要讓他參加東南亞的『向日葵援助之旅』。可能會受點皮肉傷，不過沒什麼大礙的，出院後還能觀光一下，嘗嘗美食，買個名產回來。」

「不行！」

我高聲反駁，曼波魚被流露情感的我嚇得瞪大眼。嘿咻、學者、詩人，連波波都吃驚地轉過頭。我不由得咂舌，揮揮手示意他們繼續工作。

「你和我是風雨同舟，對吧？」

曼波魚的話聲壓得更低。很遺憾，我不打算抓著曼波魚的舵鰭，在地下社會裡迴游。只是，我的借據在曼波魚手裡。

「——請不要動他。」

「哦？」曼波魚那雙分得太開的眼睛盯住我。「……你啊，對老人家冷血無情，對小夥子倒是挺寬容。」

既寬容又膽小窩囊，這樣哪裡不好？我拉開辦公桌抽屜，取出黏著便利貼的名冊。這是我一直封印的名冊。曼波魚好奇地湊過來。

「……唔，你要爲我施展別種魔法嗎？」

我不理他，從隨便丟在紙箱的手機堆裡抓出一支。事務所使用的名冊和手機，都是總店配給的。

曼波魚隨手翻開名冊，抬起長長的臉。

「喂……這是……」

是我事先剔除的，兒子已去世的老人名單。死掉的兒子不可能打電話來，所以他們不可能上當。若是痴呆就另當別論，但痴呆的話，要他們匯錢或交錢十分困難。不管怎樣，這些都不是嘿咻、學者、詩人和波波能應付的對象。

我從曼波魚手中拿回名冊，打開黏有紅色便利貼的一頁，按下手機。

「等等、等等。」

曼波魚制止我，從櫃子裡取來訓練新人用的揚聲器，插進手機的耳機孔。

「眞差勁的嗜好。」

「這叫示範表演。我身爲上司，理當有責任督導。」

我察覺嘿咻、學者和詩人豎起耳朵。波波默默地繼續撥打目標號碼，聲音顫抖、細小，幾乎是無聲電話。……你眞的不適合這一行，別小看曼波魚，這傢伙不曾空手而歸。大概明天你就會從這一帶消失。

我按下通話鍵，鈴聲響起。五聲、六聲、七聲……我屈指計算時，對方終於接電話。

「……」

換算成時間，僅有短短幾秒，但這段沉默才是雙方第一次眞正的對話。

「……呃……請問是哪位？」

老婦人的話聲——聽起來有痴呆症狀的話聲傳出擴音器。我醞釀足夠的時間後，開口應道：

「媽，是我啊。」

「……呃……我不曉得你是哪位……我兒子孝志……早就死了……」

聽到那驚慌軟弱的語氣，我緊緊握住手機，已沒有退路。

「是我啊，孝志。」

「……………」

「是我，媽聽得出來吧？我還活著啊。如果是媽，一定認得我的聲音。」

擴音器傳出明顯慌亂的氣息。

「……孝志？」

「對，我是孝志。」

「……你眞的是孝志？是孝志在說話？………孝志、孝志、孝志、孝志！」

老婦人發狂似地連連呼喊，曼波魚屏住呼吸聆聽。

「——媽，對不起，對不起。我眞的不想為這種事打電話，可是我被壞朋友騙，當了借款的連帶保證人，有黑道在追殺我。我急需一筆錢。」

「……錢？孝志，要多少？你需要多少？」

我暗暗思忖，這是老人家藏在櫃子裡的私房錢。根據我們業界的調查，日本全國的衣櫃私房錢總額約三十兆日幣，下手不必客氣。

「四百萬。媽，妳能籌到錢吧？」

「……四百萬……只要準備……四百萬就行了嗎？」

「對。媽，妳救了我。」

我瞥向曼波魚。進行得太順利，曼波魚有些傻眼。一般付款拿錢的事務，都利用總部派遣的「車手」，但這次不能找他們，曼波魚應該明白。

「媽，後天星期日，方便在三重縣綜合文化中心碰面嗎？」

「三重縣、綜合、文化、中心……」

「那是個很大的機構，妳隨便找人問，都會告訴妳怎麼走。那天有高中生的管樂比賽，妳可以問孩子們。在近鐵的津車站下車，也會有工作人員幫妳帶路。」

「……管樂……啊、啊……孝志……」

不出所料，老婦人的記憶模糊。從擴音器聽得出她在拚命抄寫，我耐性十足地等待。

「……到、到了會場，在哪裡見面？」

「媽，妳能一個人來嗎？」我確認道。

「……我會去。……只要能見到你，媽用爬的也要去……」

傻瓜。我再次用力握緊手機。

「我不能再參加比賽，但那天園區裡有風琴演奏會。」

「風琴……？風琴……你真的是孝志。那裡……只要去那裡……就能見到你嗎？」

「嗯。那裡非常熱鬧，媽一定不會迷路。對了，我們約下午三點碰面吧。現場應該會有遮陽棚，和許多攜家帶眷的人，就算媽一個人先到也不會覺得寂寞。」

「……眞貼心……啊……孝志你眞貼心……」

老婦人似乎潸然落淚。我封印所有情感，繼續說下去：

「那就到時見。媽，今天我沒空，等星期日再慢慢聊吧。」

「——孝志？讓媽再多聽一點你的聲音，孝志！」

我冷血地掛斷電話，重新轉向曼波魚。

「我親自去拿錢，額外開銷會向事務所請款。」

曼波魚像是嚇到，深深嘆一口氣。

「……喂，你跟剛剛的老太婆是套好的嗎？」

「怎麼可能？那老太婆已神智不清。」

我說了實話。

「……搞不懂哪。」

「是你要我施展魔法的。」

奉行效率第一的曼波魚頓時沉默。不多加揣測，是他的長處之一。對他來說，能夠置身事外，不弄髒自己的手便迅速達成目的，是再好不過。

曼波魚深深靠坐到皮革椅背上，壓出嘰嘰聲響。

「這麼一提，記得你以前玩過管樂。唔，風琴也算管樂啊。我不曉得你還有彈風琴這項才藝。」

我暗自後悔，怎會不小心向曼波魚洩漏過往。當時，我們一起去連鎖居酒屋，曼波魚慷慨表示我可以把菜單從頭點到尾，我就掏心掏肺地說出來。我眞是廉價啊……

我把名冊放回抽屜，一張票券忽然映入眼簾。

管樂比賽，高中B編制部門，東海大賽——

發現今年縣內的管樂比賽和風琴演奏會在同一天、同一個地點舉辦時，我感覺到神祕的巧合，立刻預約門票。即使沒碰上今天這件事，我也打算要去。

「……喂，那裡會有一堆高中小鬼和親子檔吧？你一個人沒問題嗎？」

要是曼波魚同行，情況恐怕會更混亂。要是引來孩童圍觀怎麼辦？

「我一個人沒問題。」

我望向映著晚夏陽光的事務所玻璃窗，微微閉上眼。

往昔的記憶差點被喚醒，像在鏡子般平靜的水面短暫擴散，又悄然消失的漣漪。全是剛剛那個老婦人的緣故。不管去會場多少次，也不會有任何改變。那段青春歲月，不可能復返。

儘管心裡清楚，爲何我還是接下這種差事？

（孝志，是你在搞鬼嗎？）

我茫然想著。

——嚇！

雖然一頭霧水，但我似乎做了什麼嚴肅的夢。

我的名字叫穗村千夏，是愛好管樂與地球和平的高中二年級少女。剛才忍不住在巴士裡打起盹。不行不行，我急忙坐好。接下來希望能風光登場，我理了理綁在頭髮上的黑色緞帶。

這是八月最後一週的星期日。

我們清水南高中管樂社的成員，包車朝東海大賽的會場所在地——三重縣前進。

終於走到這一步。太好了，眞的太好了。感動一點一滴擴散全身，我忍不住要小跳步。

直到去年都沒沒無聞，幾乎沒有賽事佳績，瀕臨廢社的弱小管樂社，因顧問草壁老師就任而脫胎換骨。老師奔走各大學、國中借用樂器，並努力確保練習場地。這段期間，我和春太拚命召募社員和練習。我們朝夢想奔馳，途中不知迷失多少次，有時幾乎要遇難（？），但今年夏天，我們發現自身已累積周圍的尺度無法衡量的實力。

我們報名的是小編制B部門的比賽。草壁老師拿起指揮棒的短短十六個月後，我們自地區大賽脫穎而出，突破縣大賽，晉級在三重縣綜合文化中心舉辦的東海大賽。

我吸了吸鼻涕。要流淚還太早，我明白。接下來，前方想必有我們未曾體驗的世界在等待，還沒親眼見識怎麼能哭？忍耐，要忍耐……

另一方面，春太在斜前方的座位小睡。他把椅背放得很平，能窺見他的眼罩和可愛的髮旋。今天早上的晨練，他一副睡眠不足的模樣。原來春太也會緊張到睡不著覺。

我稍稍站起，環顧車內。

成島沉默寡言。馬倫有些坐立難安地聽著耳機。界雄的手指輕輕打節拍：噠噠，噠、噠，噠噠噠……。正式上場時意外沒抗壓性的後藤，混在後方座位的一年級生堆裡，雙手交握、閉上雙眼，像是在祈禱。

最前排的座位，通道兩側分別坐著片桐社長和草壁老師。今年夏天是社長最後一次參賽，他似乎看開了，或者說看上去老神在在，感覺十分可靠。今天抽到的籤也不是一號或二號之類極端前面的出場順序，而是十四號。演奏時間是下午十二點五十分。倒數第二號，連續第三次抽到後面的號碼。雖然大家提前來住宿一晚的方案滿有吸引力，但考慮到演奏的狀態，在熟悉的環境晨練後再出發，絕對更安心。

然後——我望向將一盤散沙的我們團結起來的草壁老師。今年六月，他曾過勞病倒，除此之外，沒有一次把我們丟在校舍，一個人先回家。

我想回報草壁老師的熱忱，想在只有一次的正式舞臺上，毫不後悔地演奏。

縣大賽結束後的三週裡，能做的事我們都做了。在緊張和壓力下，感覺每天身高倒縮三公釐的只有我，但大家真的持續不斷地專注練習。尤其是這幾天，我們反覆確認全員能夠想像同一意象來演奏。

我坐回座椅，望著流過巴士窗外的風景。水平線上掛著淡淡白雲，在上午陽光的照射下閃閃發亮，十分耀眼，與我們住的海邊城鎮有些不同。

進入三重縣了嗎？突然有種眞的來到遠方的感覺。

我不禁想起今早出發前的情景。

那些說著「可惜不能去幫忙加油……」，但一大早就來送行的人們。

包括生物社、發明社、地科研究社的朋友。

戲劇社的社長名越勤奮地幫忙把樂器從四樓搬到一樓前的卡車上，本人的說法是：「爲了揣摩秋季公演的角色，我陷入低潮，幫忙你們是想轉換心情」。是嗎，這樣啊，一大清早跑來散心，這個害羞鬼！據說，預定上演的戲碼叫《平成三隻小豬》，他連珠炮般說明情節：「煩惱著與岳家同居問題的三隻小豬」、「辦了三十五年的貸款蓋房子卻失業」、「蓋出一棟連大野狼都宜居，環保又無障礙過頭的房子」，而名越要挑戰的角色，就是爲這些小豬進行心理諮商的大野狼。我懂了。你敢演，我就敢去捧場！

我們背負著一路結識的許多同學的支持與期待，參加東海大賽。我望向手表，今天早上母親不厭其煩地再三爲我對時。預定在中午前抵達三重縣綜合文化中心。幸好高速公路交通順暢，就算暫停在休息站小憩，時間都綽綽有餘。

嗡嗡嗡……手機振動，我發現有一條訊息，打開折疊式手機。原來是芹澤。這麼說來，她提過今天會和姑姑一起開車去會場。我查看簡訊內容。

〔主旨〕妳在坐巴士嗎？

〔內文〕我們順便觀光，一早就前往三重御殿場海岸。
今天追加兩名意外的來賓。我得聲明，是姑姑堅持無論如何都要去，我才陪著去加油。

是是是，這樣啊。這麼一提，芹澤姑姑之前一直住在澳洲。既然說是觀光，她們前天晚上就住在三重嗎？眞羨慕。兩名意外的來賓會是誰？我移動拇指回覆。

〔主旨〕Re:妳在坐巴士嗎？

〔內文〕我們十一點以前就會到會場！晨練很順利！
咦，三重也有叫「御殿場」的地方啊。
原來那是海岸的名字。
意外的來賓是誰？

嗡嗡嗡……芹澤馬上回訊。

〔主旨〕Re: Re:妳在坐巴士嗎？

〔內文〕喂（怒）。
在簡訊裡揭露就不意外了吧？
當成到會場後的驚喜吧。
倒是我前面的沙灘上有好奇怪的東西……

我挪動手指回信，傳送！

〔主旨〕Re: Re: Re: 妳在坐巴士嗎？
〔內文〕妳說啥？（怒）
是誰先傳簡訊告知有意外來賓！（泣）
妳說沙灘上的奇怪東西是什麼？

文章最後不小心露出我的本性。嗡嗡嗡……隨即收到芹澤的回覆。

〔主旨〕Re: Re: Re: Re:妳在坐巴士嗎？
〔內文〕這倒是。（笑）
沙灘上的奇怪東西是姑姑發現的。
搞不好有助於紓壓，我拍照傳給妳。

回信附有圖檔，那就來舒緩一下緊張吧。我打開附檔的照片，是從斜上方的角度拍攝廣闊的沙灘，上面畫著類似南美納斯卡線的巨大圖形。

這是什麼……？

是一隻巨大的曼波魚圖案。

曼波魚噘起的嘴上，有一道蹲著的男人背影。看似垂頭喪氣的男人握著漂流木的斷枝，散發出一股哀愁。那構圖像是男人快要被曼波魚吞食，感覺有點滑稽。

海風告訴我許多事。

首先，它讓我發現風是有聲音的。這很重要。然後，我得知風聲覆蓋了日常的雜音，而留在我耳中的是無聲……。有些聽覺白痴說什麼自然的聲音才是最美的音樂，他們搞錯了這一點，應該去聽聽真正的交響樂。

我望向手表。是今早對時過的表。怎麼還這麼早？

會浮現到御殿場海岸瞧瞧的念頭，應該有重大意義。

或者，是你引導我來的？

眼前是引擎蓋正在冒煙的愛車，ＧＢ１２２型第二代ＳＵＮＮＹ卡車，暱稱桑妮卡。這可愛的小妞，因引擎過熱也變成無聲。

太慘了。

在桑妮卡恢復平靜前，我得在此打發時間。

我走下御殿場海岸的沙灘。這一帶是禁止游泳區域，雖然是星期日，仍一片清閒。現在隨海浪過來的，只有大量乾海藻、奇形怪狀的漂流木，及明明是盛夏，卻穿西裝打領帶的了無生氣男子。

我挑一根稱手的漂流木，想在沙灘上大大塗鴉。這絕對不是在逃避現實。

海面吹來的風帶著腥味。不可思議的是，我並不討厭，甚至感到懷念。它似乎提醒我一些與生命根源相連的重要事物。右手的漂流木在沙灘上畫出意想不到的曲線。看來，我的右手也難以抗拒海風神奇的力量。

我的右手究竟想畫什麼？

大海之母、陽光啊，請告訴我吧！

最後，看著不知不覺中完成的巨大曼波魚圖案，我大失所望，跪倒在地。唉……難怪我從昨晚就無法闔眼。

像是算準時機，揣在口袋裡的手機響起，是另一邊的曼波魚傳來的簡訊。

〔主旨〕在開桑妮卡？

〔內文〕這種時間賞海，還眞風雅。

我額頭上的汗珠瞬間凍結。

他怎麼曉得我在做什麼？我掃視幾乎無人的沙灘，確信只有那個地方出問題。

「噢噢噢噢！」我不理會差點絆住皮鞋的沙子，發出野獸般的吼叫，全力衝刺。我爬上堆成矮丘的沙灘，來到海岸線的馬路。前方一個撐陽傘、有點年紀的婦人，和三名像高中生的年輕女孩見狀驚聲尖叫。果然只有那裡。

「——大家，趁現在快逃！」

咦？

其中一名女孩喊道，接著厚厚的涼鞋高速飛來。

咚，鼻頭發出鈍響，我當場兩眼翻白。再次恢復視力時，我仰躺在地。模糊的視野中，出現一個麥桿帽簷壓得很低的辣妹，叉開雙腿站在前方。

「太好了，還活著。」

她丟下這一句，便頭也不回地逃走。等等！妳們是不是有什麼嚴重的誤會？

我起身拍掉沙子，走近停在路邊的桑妮卡，打開車門。接著，我滴水不漏地檢查器材。不出所料，副駕駛座的升降部分用膠帶貼著公司的手機，而且是附GPS的機種。

我忍不住咂舌。

我在曼波魚介紹下進入任職的海山商事，以社長爲首，底下有四名直屬團長。每一團都有「AT」、「SF」等不同業務名稱，我隸屬的「IC」負責「轉帳詐騙」，也就是俗稱的「是我啦詐騙」。

目標集中在六十歲以上的老年人。

底下有許多分店，負責打電話給老人，騙他們匯款，並有總管各分店的分店長，而提領匯入的錢的「車手」則直屬於團長。「車手」隨時受到監視，以免他們拿了錢就跑。

換句話說，分工制度完備，完全斷絕橫向連繫，避免遭人順藤摸瓜，一網打盡。

此刻，我採取完全脫離規範的行動。我感謝著曼波魚的過度保護，將陌生的手機遠遠拋向大海。

是我啦詐欺……

新聞早就報到爛，警方和銀行也呼籲民眾要小心。許多年輕人認為老人家會上這種當，是自己太笨，實情卻更辛酸。幾乎所有人都不願正視最關鍵的根源。

我們搶奪的不是財產，而是父母心。

……就連我，一開始也不相信如此荒唐的犯罪手法真的能成功。即使知道昭和時代出生的老一輩，寧死不願家醜外揚，卻始終無法理解。

「你覺得全日本有多少老人家，認不出自己的兒女和孫子的聲音？」

曼波魚曾這麼問我。我覺得實在是個蠢問題。

再怎麼痴呆，親人的聲音總認得出來吧？

然而，聽到曼波魚接下來的話，我彷彿窺見這種犯罪手法的本質。

「你一年回老家幾次？」

我忽然語塞。這幾年，我甚至沒靠近過老家，身邊的朋友也一樣。在校念書時會當成一種義務，在暑假和過年回家，但出社會後，一年回去一趟就算孝順。

即使一年回家兩趟，父母的餘生仍有三十年。那麼，在父母逝世前，等於只能相處六十天。或許對孩子而言，還有漫長的三十年，但在父母看來，僅剩短短兩個月。

往後相處的時日會增加嗎？

只會像沙漏的沙子一樣，不斷減少吧。

結婚生下小孩，等那小孩長大離家後，會回來看我嗎？

我和父母的關係，比自己以爲的還要稀薄——

由於手機和網路發達，就認爲溝通的距離也縮短，或許是思考太淺薄。正確來說，反倒是逃避討厭事物的手段增加。同時，看不見摸不著的聊天朋友，逐漸衍生嚴重的問題。明明小時候應該在繪本上學到，知識是從眼睛、智慧是從耳朵獲取，長大後往往把這些教訓忘得一乾二淨。

搶奪父母心。

搶奪父母不求回報的愛。

居然染指這種狗屎般的犯罪，我是個殘忍的人嗎？

我想要父母心。

想要父母不求回報的愛。

——可惡，太愚蠢了。

我望著沙灘。看來，海邊沒有遭到孩童欺負的烏龜。走到這一步，我才在尋找能挽留自己的因素，不管是什麼都好。

眞是不見棺材不掉淚。等愛車桑妮卡復活立即出發，如果沒辦法，就招個計程車，坐到三重縣綜合文化中心。

反正時間還很充裕。

巴士右側座位的社員突然安靜下來，屏息盯著窗外。

我也是其中之一。

在耀眼的陽光照射下，水平延展的近代化建築物逐漸現身。

那是三重縣綜合文化中心。預先發下的手冊上提到，建築結構是以迴廊連接呈有機方式排列的五棟設施，中間是「慶典廣場」和「知識廣場」。迴廊！確實，遠遠望去，就像神聖不可侵犯的領域。在千里迢迢從地方都市趕來的鄉下高中生眼裡，這樣的氛圍完全是多餘的壓力。

上午十點半，大巴士抵達停車場。十一點二十分才能將樂器搬進會場。在那之前，我們在休息室等待，時間很多。

下了巴士後，我們幫忙彼此伸展因長途旅行變得僵硬的身體。許多包車陸續到達，參賽學校的學生排成隊伍，步向會場。充滿色彩鮮明的西裝外套和陌生制服的景象和縣大賽一樣，卻也有著東海大賽獨具的特色。

其中之一是搬進會場的樂器。他們的樂器，連外行人都看得出要價不菲，忍不住驚嘆到底多有錢。至少與我們東拼西湊來的中古樂器天差地遠。

「這就是傳說中的階級社會。」

搞錯重點的後藤在我右側嘆氣。

「跟我們一樣都是高中生啦。」

春太在我左側低語。

學生個個緊張又興奮，牢牢握著樂器，其中還有女孩手在發抖。原來不安的不只我一個人……

「好，走吧！」

準備完畢，草壁老師和片桐社長領頭，我們像小鴨行進般前往大表演廳。馬倫和成島抬頭挺胸走著，我決定效法。情緒漸漸恢復平靜，眾人淩亂的步伐愈來愈整齊劃一。碰到他校的學生時，對方禮貌地向我們打招呼。愈是名校，愈有禮貌。比賽拉開序幕，我的體內湧出氣勢，也有精神奕奕回禮的從容。

然而，隨著靠近大表演廳，僅有的從容早早萎縮。

上場順序第一號和第二號的高中生走出廳外。有些學生手牽著手，歡欣洋溢，但也有學生不停啜泣。尤其是放聲大哭的學生，流露地區大賽和縣大賽看不到的悲愴感。好不容易晉級東海大賽，卻犯下不可挽回的失誤嗎？這幕情景震懾人心。

我「咕嚕」嚥下口水，忽然有人拍我的背。

「別嚇傻了。」

我詫異地回頭，看到穿便服的奈奈子和遠野。奈奈子穿黃色繞頸肩帶洋裝，一手甩著帽簷沒收邊的麥桿帽。遠野剪了頭超短髮。兩人是在縣大賽與我們爭奪金牌的清新女高管樂社長和副社長。另外，芹澤和撐陽傘的姑姑來到會場。

原來意外的兩個貴賓是……

「我們買到門票，所以來加油。」

奈奈子筆直注視著我，遠野從旁握住我的手。沒有比她們更振奮人心的貴賓了。

奈奈子向片桐社長、遠野向草壁老師打招呼。清新女高管樂社在縣大賽拿到金牌。雖然是無法晉級東海大賽的金牌，但我忘不了在舞臺旁等待上場時聽到的掌聲。那應該是當天持續最久的掌聲。後來收到她們演奏結束的合照，我知道她們演奏出沒有遺憾的喜歌劇樂曲。

奈奈子和遠野明年要加入市民管樂團體。她們計畫在兩年內學習專門技能，將來創設屬於自己的業餘管樂團。話從她們口中說出來，感覺非常有機會實現。

春太在有點遠的地方和芹澤姑姑交談，似乎在大略說明比賽流程，聊得十分開心。後藤等一年級生舒服地搖著芹澤姑姑送的圓扇。

「……怎樣？」

芹澤拿著喝到一半的瓶裝茶，賊笑著靠近我。

「沒怎樣啊。」我噘起嘴。

「沒怎樣是怎樣？」芹澤也噘起嘴。

「那妳又怎樣？」

「問我幹嘛？」芹澤瞪圓雙眼。「怎樣來怎樣去的，妳到底想怎樣？」

「抱歉……」我消沉地垂下腦袋，「我會乖乖受教，所以請坦白告訴我。現在的我們，怎麼樣？」

「什麼叫怎麼樣？」

芹澤眨著眼。我想知道她眼中的我們是什麼樣子。自從四月在音樂準備室相識，我私下立定目標，要努力取得她的肯定。

「……好吧，我不會撒謊。」

「沒關係。」

芹澤嘆一口氣，目光依序掃過馬倫、成島、春太、界雄和後藤，然後總括似地望向我。

「厲害的人很厲害，差勁的人仍然很差勁，而且層次單薄。即使今年沒有水準高到絕對能晉級的學校，你們打入東海大賽也教人百思不解。你們的演奏聽著十分累人。」

我差點當場昏倒，芹澤急忙扶住我。剛才我被歸爲差勁的一邊……

「喂，我的話還沒說完。在比賽這種較量的場合，確實有一種中規中矩的演奏方式，可以穩穩得勝。但那種演奏，聽著有點難受。不管在好或壞的意義上，都太中規中矩，淡薄無味，通常不容易留下印象。」

「咦……」

「草壁老師使盡渾身解數，將不平衡的你們團結在一起。樂譜也一樣，每天都一點一滴朝理想的方向修改。這是其他學校沒有的特色。老師和你們的相遇，可謂一場奇蹟。」

「這……果然是老師的力量？」

芹澤靜靜搖頭：

「開頭的部分妳表現得非常好，有在運動社團鍛練出的膽量。不僅僅是妳，每個人都是如此。前兩次大賽，開頭部分都相當成功。喏，妳試著想像機體不平衡，但順利起飛的巨無霸客機。」

我默默點頭，注視著芹澤。

「只要飛上足夠的高度，接下來就能平順航行，也有著陸的力量。技術拙劣的人，可虛張聲勢掩蓋技術面的不足，即使快要在空中解體，馬倫、成島、上条和檜山也會拚命撐住。這就是你們現在的團隊表現。我說的『聽著很累』，妳不妨想成好的意思。聆聽的一方不是受到療癒，反倒會消耗能量，是種舒適的疲累。給聽眾這樣的感受非常重要，所以拿出自信來。」

我吸吸鼻涕，以指尖揩拭眼角。

「妳這人眞是麻煩……」

芹澤害臊地咕噥，我嘿嘿笑著，指向她手中的瓶裝茶。

「一放下心，突然有點口渴。給我喝一口就好。」

我咕嚕咕嚕喝著遞來的茶，只留一口還給她。

「妳是在挑釁我嗎？」

「怎麼啦？我們家都是這樣的。」

我和芹澤扭打起來，奈奈子和遠野愣愣看著我們。

第四號出場的學校離開時，片桐社長下令集合。我們再度魚貫朝休息室移動，放下隨身物品後，便得準備搬樂器。

「咦，界雄呢？」

春太轉過頭，我也以目光搜尋。

在遠離眾人的地方，我發現界雄蹲著的背影。

通往大表演廳的寬闊步道旁有張長椅，坐著一個滿頭白髮的老奶奶，似乎走累了。界雄正在與她交談。

我和春太跑過去。

「界雄？」

我出聲呼喚，界雄困惑地轉身。

「……不曉得是其他學校的相關人員或家長，老奶奶一大早就待在這裡。」

一大早？我望向嬌小的老奶奶。她一身繡著夏草的深藍色和服，腳上是白色的皮製和式拖鞋。這麼一提，她的裝扮高雅，顯然是來參觀比賽。老奶奶珍惜地抱著老舊的小號盒。

「請問……您還好嗎？」

我出聲關切，但老奶奶緊緊抱住小號盒，沒有更多的反應。

「您的孫子是哪一所學校？」

換春太開口，老奶奶只是左右搖頭。她一直是這副模樣？春太以眼神詢問，界雄點點頭。

我感受到炙熱的陽光，抬頭望著天空。老奶奶雙手提著小號盒，沒撐陽傘。時間一久，她恐怕會中暑。

「婆婆、婆婆。」

界雄呼喊幾次，都沒有回應，我赫然發現老奶奶是累到無法動彈。

「最好帶她去醫護室。」

我提出建議，記得事前拿到的手冊上註明有醫護室。界雄將老奶奶的胳臂放到自己肩上，春太也一起幫忙。

「我們帶她過去吧。」

這時，奈奈子和遠野走近。

「你們先去休息室吧。在這種情況下，都是女人比較好辦事。婆婆，走吧。」

我告訴她們醫護室的位置。兩人點點頭，從兩側溫柔地扶起老奶奶，往醫護室前進。

「上条、穗村、檜山，快走吧。」

待事情告一段落，片桐社長帶著嘆息催促。我準備回到眾人身邊，卻發現春太仍留在原處，興味盎然地看著什麼。我循春太的視線望去。

會場附近，有業者在搬運看似很重的風琴。

風琴……

第一次在比賽會場看到這種樂器。

是誰要彈奏呢？我不禁納悶。

我來到三重縣綜合文化中心。

在我的旁邊，是噴著乾冰般煙霧的桑妮卡。妳盡力了，先休息一下吧。

我一邊前進，一邊掃視園區內。與其說是多功能文化設施，更像巨大的購物中心。由於可上演歌劇或音樂劇，不像我小時候對公共設施無機質的寂寥印象。

管樂的東海大賽在右側的大表演廳舉行，已逼近開幕時刻。

今天是B部門的比賽，也就是沒辦法繼續登上普門館舞臺的小編制比賽。這年頭的高中生，該說是沒什麼欲望，還是格局太小？在我就讀高中時，即使是規模只有十幾個社員的地方，照樣有一堆笨學校滿不在乎地報名大編制的A部門。那叫不顧後果，有勇無謀。說得更白些，根本就是亂來，但我滿欣賞那股傻勁。

眼前忙碌走動的高中生，和我高中時不同，男生的比例變高，而且每個人都禮貌地互相打招呼。比運動社團更重視禮儀規矩，這一點和以前沒兩樣。

在這種時候，我總覺得自己是此一空間的異物。

「辛苦了！」

我花一點時間，才發現對方爽朗地對身為異物的我打招呼。我一陣心虛，連忙躲起來。

一個頭髮上繫黑色緞帶的女高中生經過。她的手腳修長，散發健康的氣息，笑容卻十分僵硬，像在為選舉拉票，不分對象，見一個招呼一個。這算是招呼大放送，還是在消耗正式上場前的寶貴體力？全身上下散發無窮活力的女高中生……

她差點絆倒，身後的男孩急忙拉住她的手，感覺是默契極佳的一對。女友有點迷糊，但如太陽般耀眼，男友則在陰影處默默支持。不知為何，我產生這種感覺。

十幾歲的你們，在變成乖僻大人的我眼中，簡直形同夢幻生物。

記得有一種幻想生物，是長有翅膀的飛馬。如果要比喻，你們像是出生以來，便馳騁天際的飛馬。不久後，你們將會為了追求自由降落地面。屆時，你們會發現翅膀已消失不見。即使翅膀消失，希望你們也別和我一樣，只知道望著天空而活——

不好，內心一片空虛。看著年輕人，總忍不住感傷一番。

身爲退休飛馬，我只知道懷念天空、盯著天空不放，才會遭曼波魚啃掉兩條腿。千萬別學我啊。

我是從什麼時候沉淪的？

辭掉大學畢業後待了五年的公司？當時，我利用信用卡和消費者金融（註）共借五百萬圓。無論如何，我都需要那筆錢。無法拜託父母和親友，但只憑自己的力量，根本籌不到全額——是這種令人嘔血的錢。

爲了籌齊金額，甚至求助地下錢莊，等於宣告我的運數已盡。公司得知此事後，我主動提出辭呈。反正我在公司本來就待得如坐針氈，在另一層意義上，算是兩相情願的離職。

據說地下錢莊之類，透過律師提告，總有辦法脫身，實際上也有不少人採取此一做法。至少我是在知道利息驚人的情況下，依然申請借款。我接受高到離譜的利息，幾乎要下跪哀求才借到錢。所以，我認爲像猜拳慢出，事後抗議「利息太不合理」，是無賴的行徑。

唔，就是這樣。爲了支付債務的利息，我的人生被綁住。離職後，要不是靠著前公司介紹的兼差，我隨時可能人間蒸發。雖然酬勞低到難以支付利息，但我挺中意工作內容。我自暴自棄，由於需要時間思考人生，成天泡在小鋼珠店鬼混。

註：提供無擔保小額貸款的民間融資業者。

就在這時，我認識曼波魚。

「……喂，像你這種外行賭徒，知道自己跟職業賭徒哪裡不同嗎？」

這是曼波魚第一次主動接觸我。

長長的臉，分得太開的雙眼，加上拖得長長的話聲。

正在與小鋼珠機台認眞一決勝負的我嚇一跳。不知何時，曼波魚坐到我旁邊。我聽過曼波魚的傳聞，他開了家小型金融公司。法律條文修改後，這一行反倒更容易生存。他通常在小鋼珠店談生意，不僅有冷暖氣，可以大剌剌地抽菸，最方便的是，客人會主動上門。他提供以幾萬圓爲單位的小額借貸。流連小鋼珠店的客人大部分腦袋都停止思考，幹他這行眞的很輕鬆。

爲什麼找我？

更怪的是剛才的問題，外行賭徒和職業賭徒的不同。

我當然知道。至少職業賭徒不會去碰彩券之類醜惡的賭博，他們不會被無腦的「夢想」這種字眼欺騙。

「這適用於任何一個行業……」

曼波魚不等我反應，自言自語般說下去。

「職業人士會反省，而你們這些外行人會後悔。差別只有這一點。」

我無話反駁，內心的警鐘敲到最響。曼波魚的打扮和平常不一樣。登喜路的藍色西裝，應該是英國正版貨，還有擦得亮晶晶的菲拉格慕皮鞋。我實在不認爲，他特意坐在我身旁，是想拉幾萬圓的借貸生意。

「……不好意思，我調查過你。」

「我、我的三圍是不公開的。」

曼波魚沒反應，噘起的嘴動了動：「那伶牙俐齒跟資料裡的描述一致……」

「資料？」

「我對你的債務有興趣。你和那些小家子氣、一次借幾萬圓，毫無自覺地累積債務的傢伙，在本質上不同。」

原來是這點程度的資料？而且他有點誤會，當時的狀況，根本無暇讓我看清周圍。不曉得哪裡才能借到大筆金錢，只懂幹傻事。我是狗急跳牆，一心一意想盡快弄到錢，哪怕僅僅快一秒。

我從機台前的椅子站起。我不欠曼波魚，跟他沒什麼好說的。快回去你的水族館或大海吧。

「……據說你用一千萬跟父母斷絕關係，對嗎？」

聽到這句話，我彷彿瞬間凍結，動彈不得。曼波魚滿意地停頓片刻，取出水果糖鐵罐，不停搖晃。

「我不問理由。不過，有份非常適合你這種人的差事，甚至可稱爲天職。我想要一個能夠信賴的左右手。我幫你整理債務，你就到我底下工作吧。」

於是，我加入海山商事，負責「是我啦詐騙」業務的一家分店。我挖角嘿咻、學者、詩人，多虧有他們，業績蒸蒸日上。然後，曼波魚依照約定，將我的債務全轉移到他身上。先前的厲鬼討債猶如一場夢，轉眼消失不見。

曼波魚爲我拂落噴濺全身的債務火星。

眞的這樣就好嗎？

要是沒認識曼波魚，我會是什麼下場？

如果沒有性命危險，我應該正一點一滴努力還債吧。即使得花上一輩子付利息，我也毫無怨言。現在想想，喀嚓喀嚓山的狸貓多麼惹人憐惜（註）。狸貓眞的很努力了。

回到現實，一群女高中生經過前方，一看就知道是結束演奏的學校。中心的長髮女孩雙肩顫抖，哭個不停，周圍的學生安慰著她。是在獨奏部分失手嗎？我高中時犯過相同的錯。這是比賽中少不了的情景。

其實，我在小號的獨奏部分出過錯。

在沒什麼難度的地方走調，而且是在演奏會上，連續兩次。

我丟光讓出獨奏機會的孝志的臉。

有一就有二，事不過三。同學私下抱怨，但孝志說服大家，自己扮黑臉，給我第三次機會。孝志永遠都是支持我的，他的關照令我痛苦。家境富裕，人緣又好的孝志，何必理會我這種人？

——有空後悔，不如趁機反省。

——我也會繼續前進。

原來是這樣。當時曼波魚說的話，和孝志說過的話重疊在一起。明明他們就像光與影般天差地遠，但墜落深淵的我，在其中窺見孝志的影子。

我……

我從背包取出記事本，確定今天的活動和講習會。慎重起見，我也查看外面服務處前的公告欄。風琴演奏會是上午十一點半開始，地點在「知識廣場」。恰恰與管樂比賽的午休時間重疊。

我闔上記事本，嘆一口氣，走向目的地。

* * *

寬廣的休息室分成幾區，供出賽學校同時使用。學生依校別聚集在不同區塊。演奏完畢的學生放鬆地聊天，等待排演的學生則默默保養樂器，呈現兩個極端。

我們放下行李，立刻前往樂器搬運口。各校的演奏時間是十分鐘，比賽持續進行中。

註：《喀嚓喀嚓山》是日本民間故事，敘述狸貓害死老婆婆，兔子替老爺爺復仇。有一段是兔子騙狸貓上山砍柴，在後面用打火石「喀嚓喀嚓」地點火，把狸貓燒成重傷。

穿過大表演廳的門廳來到戶外，跟我們一起參加東海大賽的藤咲高中管樂社B部門成員，抱著樂器在拍紀念照。這樣啊，他們已演奏完畢。從緊張中解放後，有些學生哭泣，有些學生歡笑，形形色色的表情湊在一起，擺出拍照姿勢。女學生從兩旁勾住顧問堺老師的胳臂，只見他抿著嘴，似乎有些害臊。

我似乎能想像他們展現什麼樣的演奏。這是令人鬆一口氣的瞬間。

「──啊！」

春太看到某人，發出驚呼。

有個可疑人物。大熱天裡，那女人卻一身黑色長褲套裝，戴一副大墨鏡。遇上從醫務室回來的奈奈子，嚇得張大嘴。奈奈子的外貌，讓她痛切感受到世代差距。

「……大河原老師？」

我出聲呼喚，那女人一震，縮起肩膀，摘下墨鏡轉身。她從頭到腳打量我。

「妳是南高的穗村同學？──還有上条同學！」

是六月在藤咲高中實習的大河原老師。她壓下雀躍的情緒，繼續道：

「……我還不是正式的老師，不能那樣喊我。不過，先恭喜你們順利參賽。沒想到能以這樣的形式再會。」

聽說她本來推辭，是堺老師硬拖她來。大河原老師露出凜然而清爽的笑容，告訴我們明年她要重新實習，努力考上正式老師。

「你們不趕緊過去嗎？」

大河原老師推推我和春太的肩膀。我差點忘記，接下來要搬樂器、調音、排演，忙碌得很。轉頭一看，眾人的背影已有段距離。

「大河原老師之後有什麼計畫？」

春太回頭匆匆問。

「今天我會看到最後，包括南高的演奏。還有點時間，我也想去風琴展覽會。」

「……風琴展覽會？」

「這是在知識廣場舉辦的活動，眞懷念教室的風琴。」

我想起曾看到業者在搬風琴。要在這種地點舉辦販售會嗎？一架風琴要多少錢？啊，來不及了！

「春太，快走吧。」

「啊，好。」

我們和大河原老師道別，追上前往樂器搬運口的同伴。逆著群眾的方向前進，我們看見奈奈子叫住片桐社長。

「欸，不用我們幫忙嗎？」

「哦，沒問題。縣大賽時謝謝妳們。」片桐社長道謝。

「沒什麼啦。那我們先去吃飯，等你們上場。」

奈奈子旁邊，是撐陽傘的芹澤姑姑，還有默默吃著固力果甜筒的遠野。

「啊，穗村同學。」芹澤的姑姑喚住我。「妳有沒有看到直子？」

這麼一提，離開休息室後，就沒瞧見芹澤。我和春太都回答「沒有」，芹澤的姑姑納悶地歪著頭：

「傷腦筋，到底跑去哪裡……」

「打她手機呢？」我試著建議。

「手機啊……」芹澤的姑姑表情有些尷尬，從包包裡取出芹澤的手機。「到會場就沒電了，她交給我保管。」

此時，路過的片桐社長出聲：

「芹澤去廣場那邊，說是馬上會回來。」

向等待芹澤歸來的三人道別，我們匆匆前往樂器搬運口。

我和春太與正在排隊的眾人會合。東阪神管樂聯盟的高中生志工引導著卡車。穿白色西裝制服的別校學生，像工蟻般熟練地搬運樂器，顯然是比賽常客。他們的動作俐落迅速，得好好效法。

很快輪到我們。大家發出「哇」一聲，湧向卡車。

今天的祕密武器，是副校長透過朋友廉價租到的鷗翼式貨車。當貨車的門如同其名，像海鷗翅膀一樣向上掀起，眾人忍不住驚呼。今天早上，我們曾爲此感動。借助這種貨車，即使社員人數少也能有效率地裝卸樂器。或許十分奢侈，但歷經縣大賽，我們已記取教訓。

我們各自取出樂器，迅速檢查，然後兵分兩路。一組將小型樂器拿到休息室，另一組把打擊樂器等大型樂器搬到舞臺附近的保管處。

當然，我加入後者。這是有理由的。

通往保管處的狹長走廊上，我們汗流浹背地搬運樂器。

前往排演室的學生，和即將正式上場的學生，與我們擦身而過。我們彼此讓路，若是目光對上，便互道「早安」。其中有些學生感到稀奇似地打量我們的制服。

這是很棒的刺激。爲了最後一場比賽，我的情緒漸漸高昂起來。

年紀愈長，就愈軟弱～

頓時自信全失，猶豫迷惘～

我哼著初戀的偶像淺香唯的名曲，來到「知識廣場」。

這裡有五彩繽紛的塑像，場地大到可舉辦跳蚤市場。看似志工的工作人員在搭設大型帳篷，在廣場匆忙來去。

今年應該是第三屆的風琴演奏會，正在布置準備。

我決定默默旁觀。

工作人員不太熟練，動作笨拙，而且默契頗差。這樣來得及在上午十一點半開場嗎？

我漸漸感到不耐煩，終於按捺不住，走進廣場抓住一名工作人員。

「喂，帳篷不要搭在那裡。現在是沒什麼影響，可是考慮到下午的陽光，挪往右邊比較好。」

「既然要擺放棉花糖機，表示今年參加者會攜帶家人吧？今天氣溫這麼高，能不能立刻調借剉冰機？冰塊和糖漿四處都買得到，多少為被帶來的孩童想想吧。」

「那架西川風琴是大正時代製造，非常寶貴。展覽前最好避開陽光直射，如果不行，至少先拿毛毯包起來。」

我連珠炮似地指謫，工作人員頓時不知所措。其中一人流露厭煩的神色，應道：

「呃，我不曉得你是哪位，但擺設內容已申請過……」

在你們眼中，我只是怪叔叔嗎？這場演奏會不優先考慮參加者，便失去意義。

「——先生？這不是——先生嗎？」

有人呼喚我好久沒聽到的本名，回頭一望，館內走出一個年紀和我差不多的男人。那是一張令人懷念的面孔，還別著綠色胸章。這樣啊，他仍是此處的負責人……

睽違數年的重逢，他笑逐顏開。

不要露出那種表情，接下來，我將在這裡幹出愧對世人的勾當。

我的視線越過他，大吃一驚。那是在御殿場海邊遇到的少女。不是扔厚底涼鞋過來的，也不是劉海稀疏、理了個男生頭的，而是眉宇英氣逼人，散發不能輕易靠近氛圍的少女。

相隔幾小時的再會，她的面色凝重。

負責人的大嗓門響徹會場，指揮著志工重新搭設帳篷。儘管不得要領，但負責人依然老實、不會找藉口推託，跟我倆共同創辦這場演奏會時一樣。

「我、我朋友沒有錯，是叔叔一臉凶惡地衝過來，那是不可抗力。」

她遞出只剩一口的瓶裝茶。這算是賠罪嗎？不到最後關頭不認錯的態度，很像我的手下詩人。這也是一種優點，我滿欣賞的。

「這是什麼？以街頭手搖風琴來說，有點奇特……」

她指的是名為「紙腔琴」的手搖式風琴。外觀猶如巨大的黑色音樂盒。原理和一般手搖式風琴頗像，將打了洞的紙筒，插入木箱的圓筒，再轉動手把，圓筒就會旋轉，藉由讓空氣穿過紙筒洞孔發出聲音。我向她說明，但沒提到這是明治中期製造的夢幻逸品。我希望她不受專家權威或傳統觀點影響，親自觸摸感受。每年都會易地舉辦一場風琴演奏會，展示包括紙腔琴、教室用風琴等等，不少收藏家好意無償借出風琴。

她憐愛地撫摸西川風琴的鍵盤。

「……哦，叔叔很懂嘛。」

這句話就當是稱讚吧。我不會為這點小事受傷。

「妳才是，居然知道街頭手搖風琴，顯然是個樂器通。」

不，不僅僅是樂器通。她隨時都抬頭挺胸，手指的長度理想、皮膚長繭，最重要的是，她看著紙筒，不待我說明便哼起旋律。我見過這種人，是立志成為音樂家的年輕人。

我發現她一邊耳朵塞著小小的助聽器。這樣啊，立志成爲音樂家已是過去式……

「可憐的樂器。」

她喃喃低語，望向舉行管樂東海大賽的大表演廳。

「妳覺得風琴可憐？」

「很可憐。」

「爲什麼？」

「風琴遭到我們忽視，又不能加入管樂比賽的編制。就連今天，也被搬到戶外的邊緣地帶，眞可憐。」

我明白她的意思。由於結構，風琴難以表現強弱，不容易靠演奏技巧顯露個性，歷史上的知名音樂家往往敬而遠之。但風琴有非常棒的優點，我希望有一天能傳播給世人知道，祈禱來會場的人能理解。

話說回來……

可憐……？透過遭到排擠的風琴，她看見什麼？

「妳今天是特地來參加風琴演奏會？」

雖然覺得不是，但我還是問問。不出所料，她搖了搖頭。

「我來爲比賽加油。」

「比賽？東海大賽嗎？」我的話聲掩不住興奮。

「對。我們學校的管樂社第一次打進東海大賽。雖然直到去年都沒沒無聞，但靠著大家的努力，繞了許多路，總算站上今天的舞臺。」

她的語氣中帶著熱情，也有些自豪。

無名學校的一年級生，成長到順利晉級分部大賽。在國高中生的管樂世界裡，實際上是可能發生的，十之八九是換了指導老師。所以，業餘管樂才有趣。

「是縣外的高中吧？」

「你怎麼知道？」

「就我看到的，當時停在海邊附近的車子不是縣內的車號。」

她不停眨眼。「……什麼？風琴叔叔表表面上凡事漠不關心，其實會注意一些奇怪的細節？有點噁心耶。」

風琴叔叔終於被冠上「噁心」的頭銜，我益發感慨。我是出於職業需要，才會養成盡量記住車牌號碼的習慣，這一點還是保密吧。

「居然特地從外縣市來加油，妳真的很愛校。」

「當然。地區大賽、縣大賽我都去加油，沒看到最後，未免太虎頭蛇尾。」

話中有什麼引起我的注意。「等一下，妳說地區大賽、縣大賽？」

我這麼一問，她歪著頭，回以訝異的眼神。

「……是啊，怎麼？」

「兩次大賽妳都到會場加油，然後今天……」

「所以說怎樣嘛？」

「不，沒事。」

由於我的言行，她皺起眉，態度變得提防。反了啦，反了。是我想提防妳好嗎？雖然猶豫，但我決定在引發誤會前自行招供。

「不想回答也沒關係，但妳打算戴助聽器到什麼時候？可以拿下來了吧？」

她盯著我，表情出現變化。

如果我沒記錯，有聽覺障礙的人，最忌接收到巨大的音量，尤其是管樂的現場演奏。我想起部下波波的妹妹。他那留在鄉下，聽覺有障礙的妹妹……

「是突發性的吧？」

我向她確認。她眼睛眨也不眨，注視著我。立志成爲音樂家，卻成爲未竟之夢，通常是突發性耳聾的緣故。一直以來，她應該都認眞學習音樂。高中時聽過孝志的描述，我明白那是超乎想像的殘酷環境。壓力可能會輕易剝奪聽力。

她望向風琴，有些猶豫地開口：

「……右耳不行了，但醫生說左耳秋天能痊癒。」

最重要的事，有時只會對無關的人不小心吐露。正因毫無瓜葛，才能夠互相理解。右耳不行了嗎？這一定會成爲沉重的負擔，不過她還有左耳。

「太好了，初期治療順利發揮效果。有時會罕見地出現這樣的例子。」

最後關頭，音樂之神還是沒拋棄妳。我原本想這麼說，又打消念頭。

她微微搖頭，解釋道：「一方面是初期治療奏效，但主治醫生也頗驚訝，認爲我的情況，或許精神壓力占很大的原因。」

「我聽說這屬於心因性疾病。有些病例會因壓力解除好轉，所以被視爲難治之症。」波波的妹妹情況不同。他們兄妹的幼兒時期過得太悲慘。

「何時開始好轉的？」我繼續問。

「左耳的聽力在今年春季停止惡化，後來就漸漸復原。」

「看來是那段時期，遇上能讓妳擺脫沉重壓力的事。恭喜。」

她淡淡一笑，用力閉上眼。

「是啊，或許是遇見她，我才總算擺脫老馬的詛咒。」

「……詛咒？這是在說什麼？」

「沒事，小祕密。」

老馬……伊索寓言中有一則故事，敘述名馬老後被抓去推磨的悲慘下場。那絕對不是針對老人的教訓。在失常的現代，即使是年輕人或壯年人，也可能一夕變老。

「往後會很辛苦。」我在短短的一句話中注入許多含意。

「嗯……」她似乎明白，簡短地回應。

即使她想拿下助聽器，恐怕也沒辦法。就算知道突發性耳聾沒有復發的危險性，還是會害怕。

然而，她卻來觀賞管樂比賽。

實在相當矛盾。想必有股無法壓抑的熱情，在她心中激盪著。

「——欸，今天的風琴演奏會，是誰要來表演？如果有時間，我也想聽聽。」

她望向手表，忽然輕呼「來不及了！掰掰」，轉身奔向大表演廳。情感變化之大，我不禁苦笑。目送她遠離的背影，我默默在心裡對她說：

很遺憾，風琴演奏家不會來到這個會場。展示風琴，只是當初的一點玩心。不知不覺中，成爲這樣一場特色企畫。

爲了讓到場的家屬及相關人士，將過去艱辛的日子轉變成回憶，並祈禱能有新的邂逅。

不同種類的風琴，音域和音色差異極大，也是一種邂逅的樂器。

沒錯，是邂逅。很快地，孝志的母親就會來到這裡。她誤以爲我是孝志，帶著四百萬圓過來。

孝志已不在人世。

可是，孝志還活在這裡——

後藤的呼吸和聲音在發抖，製造出古怪的顫音。

「這、這裡是調音室，我、我我我們現在狀、狀況絕佳。大家的情緒處在巔峰！」

「妳在爲誰實況轉播？還有，不要邊哭邊說。」

冷靜的片桐社長語帶責備，後藤「嘶哈、嘶哈」地不停深呼吸。兩人從地區大賽、縣大賽一路延續的搞笑對話，逗得一些緊張得全身僵硬的一年級生噗哧一笑。

調音室一角，界雄默默調整定音鼓。馬倫和成島也比平常更愼重仔細。

我們設想正式上場前的狀況，進行過調音和排演的「練習」。二十分鐘的調音時間要做什麼，早預先安排妥當。

首先，各自調音、試音五分鐘。春太藉耳朵調音，但我使用調音器。因爲很方便嘛。雖然有人提醒我長笛調音也沒用，不過，這是我熟悉樂器和自身的重要儀式。長笛頭部管的軟木剛換過，還很飽滿，聲音沒問題……我覺得啦。片桐社長的小號和馬倫的薩克斯風低音，由草壁老師檢查。

五分鐘一到，雜亂的聲音同時停止。接下來，長音練習四分三十秒。

我吹著長笛，小心運舌不要太用力。偷瞄草壁老師，他今天別的是蝴蝶領結，給人的印象和縣大賽時的西裝領帶截然不同，我重新確認老師還是適合這種打扮。一回神，我注意到春太用一樣熱情的眼神注視著草壁老師。居然在正式上場前目睹噁心的一幕……

接著，是平衡、和聲、節奏練習，三分三十秒。

到這裡是基本合奏。集中思緒，提振精神。大家都拚命回溯今天晨練的感覺。

草壁老師舉起指揮棒，我端正姿勢。

曲子開頭的五分鐘，我回想起芹澤的話。如果起飛不成功，我們的樂團會在空中瓦解。我謹記在心，肩負飛機小螺絲般的使命吹奏。

最後兩分鐘自由運用。有人拚命練習，有人閉上眼想像，各自進行最終調整。

草壁老師打信號結束，調音室頓時安靜。在眾人注視下，老師低聲開口：

「還有一分鐘。」

咦？我不禁疑惑。片桐社長抓住時機似地走上前：

「這是最後一場比賽，我們圍成圓陣吧。」

我和春太對望，放下樂器，急忙過去。老師以十幾秒爲單位，一點一滴濃縮調音內容，節省出這段時間。大家都上前來，剩下的一分鐘我們圍成圓陣，片桐社長從丹田發出吶喊：

南高即將上場！我們能做出最棒的演奏！可以帶給觀眾最棒的享受！不要焦急不要慌，fight！噢！fight！噢！fight！噢！

我們用力踏步，鼓足幹勁，激發鬥志。這是加入管樂社後，第一次圍在一起打氣，胸口一片灼熱。

賽程進入後半，從調音室到排演室的通道十分擁擠。避免擠成一團，眾人互相讓路。許多人都禮讓在排演前搬樂器的我們。

負責打擊樂器的一年級生不小心弄掉木槌，一名西裝男子彎身幫忙撿起。他似乎很熱，脫下西裝外套掛在胳臂上。

是自由記者渡邊先生。他脖子上掛著相機，銳利地望向我們。居然追到這種地方……

春太附耳向界雄說了什麼，界雄臭著臉接過木槌，然後對成島耳語，成島冷冷地忽視渡邊先生，再對後藤耳語。後藤踹一下渡邊先生的小腿，最後春太朝他的腳上用力一踩。

「謝謝你們的盛情款待。」

「你想幹嘛？」

不知爲何，只有我一個人被逮到，聽見撒滿挖苦香料的話。

「依賽前預估，你們學校只到銅牌水準。我期待你們的演奏，能顛覆那僅靠前例和實績預估的評價。」

我忍不住噘嘴。這個人怎麼老用這種口氣說話？我四下張望，大家都先走了，只剩我們兩個人。

「我就當成鼓勵吧。請問還有什麼事嗎？」

「對於憑著草壁信二郎的才華和幸運爬到這裡的學校，東海大賽太沉重。比起別的學校，單簧管演奏者的水準太差，也是致命傷。」

我筆直迎視渡邊先生。

「謝謝你。」

我不禁脫口而出。渡邊先生一臉錯愕，我繼續道：

「直到今天，你都沒做出卑鄙的採訪舉動，十分感謝。我明白你是以自己的方式在關心我們。」

渡邊先生眨眨眼，忽然笑逐顏開：

「眞是敗給妳了，妳似乎能將每一個人拉攏為同伴。唔，好吧，我會在觀眾席專心欣賞。」

「請你欣賞就好。會傷害大家的採訪，我堅決拒絕。」

「是嗎？」

我挨近渡邊先生，悄悄問：

「那麼想採訪，你怎麼不去風琴展覽會瞧瞧？」

「……風琴展覽會？」

渡邊先生皺起鼻子，似乎不知道這件事。

「聽說今天在園區裡有展覽。教室的風琴可用多少錢買到，你不覺得能寫成一篇報導嗎？」

渡邊先生的臉色微微一沉，盯著半空。

「……噢，妳說那個啊。妳似乎誤會了。」

留下這一句，他便步向表演廳。

在排演室練習完自選曲，進行最終調整後，移動到舞臺旁。在有限的時間裡必須做的事，我們全部完成。

從舞臺後方走向舞臺旁的通道，擠滿剛演奏完畢的學生，和列隊準備上場的學生。可同時感受到演奏完畢的解放感，和即將上場的緊張感。其他學校也有畢業學長姊來加油打氣，拿著資料夾板的工作人員管理著賽程。

我們排好隊，結束最後的調音，好不容易能喘一口氣時，廣播傳來我們前一號的校名。界雄一臉嚴肅，安靜地反覆進行定音鼓的調音。

游刃有餘的片桐社長、馬倫和春太動來動去。他們正在發東西給每一個成員。很快地，春太走到我面前。

「小千，手伸出來。」

依指示伸出手，春太放一枚五百圓硬幣在我掌心。黑暗中，我瞇起眼。

「這是……」

「是姊姊回收的，能引發奇蹟的護身符。」

是五百圓存錢筒公寓的硬幣。我忍不住握緊，按在胸口。左右看看，大家都把硬幣收進制服口袋。

春太注視著舞臺。

「這是平日練習的集大成，妳可別扯我的後腿啊。」

「嗯。」

我乖乖應話，春太有點驚訝地回望。前一所高中的演奏結束，熱烈的掌聲淹沒耳朵。終於正式上場。踏上舞臺，二十四名成員站到規定的位置準備。在短暫的夏季裡，我們經歷兩場賽事，膽子大了許多。沒人驚慌失措，東張西望。

草壁老師忙著進行最後檢查。我調整譜架高度，握緊長笛，望向觀眾席。由於依校別入坐，一眼就能找到爲我們加油的人。奈奈子、遠野、芹澤，還有芹澤姑姑都緊張地看著我們。

所有樂器靜止後，舞臺打上燈光。

場內廣播介紹曲目。最後介紹到指揮草壁信二郎的名字時，部分觀眾發出驚呼。

草壁老師在耀眼的燈光中行一禮，觀眾席傳來熱烈的掌聲。那情景眞教人開心。對老師來說，這也是逐步復出的大舞臺。

草壁老師站上指揮臺，拿起指揮棒，表演廳瞬間被寂靜包圍。俯著臉的老師抬頭掃視我們，我恐怕永遠忘不了老師此刻的表情。上高中後第一次看到的表情，浮現滿滿的幸福。我想和老師一起登上更高的舞臺，他的笑容讓人打心底這麼希望。

我們沒有一個人打算演奏出和晨練時一樣的音色。這是我們從一開始就說好的。

演奏出唯有當下才能做到的、全力以赴的音樂。

草壁老師的指揮棒落下，夏季最後一場演奏展開。

「……約定的時間快到了，別忘記『波菜』守則（註一）。」

手機螢幕上是一整串曼波魚媲美跟蹤狂的來電紀錄，最後一則還附贈語音留言。順帶一提，曼波魚說的「波菜」，在我們業界指的是「報告、聯絡、轉帳」（註二）。我們的工作完全不需要「討論」這個環節。好孩子可不能學。

下午兩點半，「知識廣場」的氣氛宛如廟會，到處是拿氣球的親子檔，熱鬧滾滾。有棉花糖、剉冰、撈水球，還有空手抓糖果等活動。會場各處都擺有風琴，圍著好奇觀看的人牆。

我背對入口附近的牆壁，藏在暗處，觀察帳篷內的長椅。

一個上了年紀的老太婆坐在那裡，像尊地藏菩薩。她一身簇新的深藍色和服，綁在後腦的頭髮全白。

沒錯，那是孝志的母親。高中時，孝志邀我去他家玩，我見過他的母親幾次。孝志出生在好人家，住在有大庭院的房子裡。他的母親不歡迎我，會在我面前滿不在乎地勸孝志「要慎選朋友」、「你朋友看起來沒出息」。確實，上學日數寥寥可數的我對此無話反駁。這麼一提，他的母親總穿看起來很昂貴的和服。連日常家居服都不含糊，或許是千金小姐的習性。

註一：日本職場用語，意指報告（houkoku）、聯絡（renraku）、討論（soudan）。三個詞的第一個音連在一起即是日文的波菜（horenso）。源自山種證券社長山崎富治在社內的推廣，其著作《波菜讓公司茁壯》成為暢銷書。

註二：轉帳的日文發音為「soukin」，字首相當於日文波菜（horenso）最後一個音。

那樣的她，如今成爲滿頭華髮、滿臉皺紋的老太婆。

對方恐怕根本不記得我。

是時間的流逝，近乎殘忍地改變她的外貌嗎？……不，是好不容易盼到的獨子猝逝，讓她變成那副模樣。

在空中飄移的茫然視線像在做夢，嘴角不時泛起詭異的笑容。

那是眞心以爲能見到孝志的表情。是堅信死於交通意外，甚至早就火化的兒子，總有一天會回到她身邊的表情。

她的幻想是有根據的。

而我知道一切，才用「是我啦詐騙」引她出來。她彷彿也如此希望，接受喊她「媽」的我就是孝志。

我忽然瞇起眼。孝志的母親身旁擺著一個黑色盒子。那是我忘也忘不了、孝志高中時用的小號盒，我忍不住按住右側腹蹲下。額頭滲出汗水，從下巴滴落地面。

孝志的母親突然往旁邊一倒，靠在小號盒上。天氣太熱，連緩和暑意的風也沒有。雖然坐在帳篷裡，對老太婆來說還是太難熬了吧。志工想帶她去醫護室，但她甩開他們的手，重新在長椅上坐好，用連我都聽得到的音量，痛罵關心她的志工。

眞是個愚蠢的母親……

接著，會場內的志工發現我的狀況不對勁，跑了過來。我蹲著伸出左手制止他們。沒事，不必擔心，不要管我。右手一直按著肚子，無法放開。陣陣跳動甚至傳到指尖，就像心臟存在於那裡。

我用力閉上眼。

——這首曲子叫〈Rondo〉，你聽聽看——

夏季的那一天，在管樂社的社辦裡，孝志硬把耳機塞進我的耳朵。

鼓聲與風琴逐漸纏繞在一起的前奏，我第一次對音樂產生戒心。音樂竟會撩撥起這樣的情感，我十分驚訝。

樂句脆弱卻纖細的風琴聲逐漸擄獲我，讓我萌生意外的想像。如果由我們來演奏，是不是滿有意思?如果我們管樂社能重現這個樂團的音樂，是不是很厲害?我雙手按住耳機，以免音樂溜走，天馬行空進行荒唐的想像。

其實，我一聽就知道是「The Nice」樂團的曲子。這是孝志最近的新歡，我偷偷觀察到，只要一有空他就會從包包拿出ＣＤ聆聽。

或許是我的反應如同預期，孝志露出滿意的表情。

我立刻回過神。對我來說，期待是最大的禁忌。要是被孝志拐進他的餘興遊戲，我可吃不消。「聽了好累。」我拉出耳機塞還給他。

「哈哈哈，沒有比這更好的稱讚。第一個把音樂取名爲『樂在聲音』的『音樂』的日本人太荒謬。音樂不是用來享受，而是爲了得到愜意的疲累才聆聽。」

那傢伙一本正經的歪理，害我當場傻住。

「我就知道你會懂。欸，秋季的定期演奏會曲目，我想推薦這一首……希望由你來推薦，我會支持你。」

我知道孝志動歪腦筋時的習慣。眼角會下垂，兩頰的酒窩變深。太多感情一下湧上，我只能苦笑。確實，要推薦這首曲子，我是最適合的人選。除了顧問老師和孝志以外，每個社員都對體弱多病的我客氣三分。雖然是很奸詐的算計，但我奇妙地不覺得反感。

「你絕對比較適合鍵盤樂器。不過，我不會要求你像基斯・愛默生（Keith Emerson）用風琴彈奏這首曲子那樣拿刀刺鍵盤，或叉腿站在風琴上，放心。」

孝志比手畫腳，可笑地熱烈遊說，害我笑個不停。是你將總是孤伶伶的我拉進管樂社，教導我直到能像樣吹奏小號。昨天你不是才稱讚我吹得太棒了嗎？怎麼今天就勸我轉戰風琴？

坦白講，我想……我應該是討厭孝志的。

只是，那種討厭的情感，至今我都無法釐清。

每次走進教室或社辦，我都覺得像被逼著玩大風吹。我只能專注確保自己的位置，無暇顧及其他。完全不費工夫便總是成爲中心人物的孝志，不可能懂這種心情。

孝志人緣好，成績名列前茅，很受女生歡迎，這些我也感到不爽。連我想和一般人一樣探索的神祕女體，他早就玩膩。我生日那天，他用水球做了假奶送給我時，我差點哭出來，罵道：可惡，你什麼都有，太奸詐了！

但我並不覺得生氣。

只是聽到你多管閒事的話聲，我就感到愜意的疲累。

高中畢業，兩人各奔東西，幾年後再會，居然是在大學醫院。

孝志是初出茅廬的醫生，我是重症病患。

全新的白袍非常適合孝志。

至於我……從國中就罹患的慢性腎衰竭突然惡化，終於必須洗腎，無法隨心所欲走動。辛苦覓得職位，努力彌補自身的缺陷，總算一點一滴累積資歷的出版社，一直是停職狀態。

重逢的那天，孝志俯視像沒電般無法動彈的我。到現在我都記得他的表情。

不要用那種眼神看我。反正我在醫生之間成了笑柄吧？不必隱瞞，我早就聽說。

我的腎衰竭毫無好轉的希望，除了洗腎之外，只剩下一種治療方法。

那就是親人間的腎臟移植，活體器官移植。

母親和妹妹——我一直以爲母親會捐腎給我，但母親「不適合」，妹妹也「不適合」。不是醫學上的問題，而是院方對捐贈候補人選進行心理測驗和心理諮商，再三面試後判定不適合。

當時的孝志，應該明白這意味著什麼。

孝志，你笑我吧。無條件的愛，根本是幻想中的佳話。

不就是這樣嗎？即使是親屬，也有自己的人生。每個人都不想傷害身體，聽到手術失敗的風險，想必會不知所措。

誰能責怪這樣的親人？就算是不成材的我，他們也拚命養我到大學畢業。不是拒絕，而是那一絲絲的眞心話，被視爲不願捐贈的意志。這個決定無法撤回。

可惡……

我的痛苦，並非病痛造成。

「——請問，風琴演奏會什麼時候開始？」

炎熱的陽光和現實的聲音鑽進耳裡，蹲著的我猛然回神。

一個牽著小女孩的母親正在詢問志工。小女孩抓著紅氣球的線，顯得很無聊。

「呃……已經開始了。」

志工支支吾吾回答。風琴演奏沒有開始，也一直沒有像演奏家的人登場。眼前的狀況與志工的話矛盾，年輕的母親有點不知所措。

「呃，方便的話，會場備有冷飲，請輕鬆參觀遊玩。」

另一名志工巧妙接話，輕推紅氣球。小女孩往街頭手搖風琴跑過去，母親困惑地追上她的背影。這麼說來，有個女人誤以爲是風琴展覽會。那是穿黑色長褲套裝、戴墨鏡，一看就熱得要命的女人。眞是的，這種地方怎麼可能辦那種活動。

風琴的演奏早就開始了啊。

只要拿英漢字典查一下風琴（organ）這個字，就會發現除了樂器的風琴，還有一個意思。

你們沒聽見會場中湧起的輕盈笑聲、雀躍的歡呼，及哭聲交織的奏鳴曲嗎？即使是無關的參加者，也希望能仔細聆聽。

我們的半輩子化成各種音域，以絕不相同、無可取代的音色交織而成——這場器官（organ）移植者的演奏會。

右手按住孝志給我的腎臟所在的側腹，我深深垂下頭，獻上祈禱。

會場中有人走近。

我體內湧起一種預感。影子覆蓋我前方的地面，我戰戰兢兢抬頭。只見孝志的母親崩潰般跪倒，哭喪著臉搖晃我的肩膀。

「……孝志在這裡嗎？」

我倒抽一口氣。確實，孝志是我體內的一部分。從未在親人身上感受過的緊密連繫，就在我的側腹裡。我就是賭上這一點才打電話。那絕對不是一場豪賭，我有著無法解釋的確信。

「……回答我，你是孝志嗎？」

孝志死後，聽說他的母親不顧醫生制止，瘋狂尋找接受腎臟捐贈的人。

我不是孝志。我是高中時，妳百般厭惡的孝志朋友。

「……喏，你不是缺錢嗎？我把錢拿來了……」

孝志的母親拖來小號盒，似乎裝著鈔票。只是一通電話，她就準備四百萬圓的現金。搶奪父母心，搶奪無條件的愛……

這樣到底哪裡不對？反正父母毫不思考、毫不想像、毫不猶豫，總是無條件地奉獻愛心，不是嗎？我只是想要這些而已。我只是想要以現金的形式提領這些而已。

「孝志……你說說話啊……」

孝志的母親撲進我懷裡哭著，皺巴巴的臉擠得更皺了。她瘦小的身軀像厚紙板那麼輕。我跪在地上，束手無策地仰望天空。

喂，孝志。

爲什麼你要把腎臟給我？

爲什麼在我問你理由前，你就永遠離開我？

出院後，我立刻進行調查。雖然不容易，但我不擇手段。在我接受緊急移植手術的那天，孝志死在同一家醫院。他碰上交通意外，在生死關頭徘徊，最後還是離開人世。我不清楚孝志臨走前在想什麼，我只查到兩件事。他向日本移植學會提出申請，要分給我一顆腎臟，並且順利通過。還有，不論結果如何，他都不會改變決定。

得知這個事實，我一滴眼淚也沒流。

我無法相信。因爲連流淚的理由，都像雲霞般難以捉摸。

「孝志……媽……媽做了很多你喜歡的水羊羹……一起回家吧……」

孝志的母親反覆以決堤般的哭聲訴說。接下來，細微得幾乎要消失的那句話，讓我懷疑自己聽錯。

「……媽想向你道歉……有件事媽一直想向你道歉。……你想成爲職業音樂家吧？媽始終反對，對不起……幸好媽在死前還能再見到你……眞的太好了……」

孝志去世後，妳不停想著這種事嗎？妳是笨蛋嗎？只要細數和孝志的美好回憶、能安慰自己的回憶，度過餘生就好了啊。這麼一來，接到那通電話，妳便不會把我當成孝志。

孝志，你母親的心和無條件的愛，我能收下嗎？

我顫抖的手伸向小號盒，又縮回來。

我做不到。這樣的情感實在太巨大，我無法收下。我總算明白你在加護病房裡想些什麼。你還是老樣子，眞是討厭的傢伙。

你想把生命分給我，讓我去修補你們扭曲的母子關係吧？

孝志，我猜對了嗎？我斂起下巴，板起面孔。

「——老太婆。」

我推開孝志的母親。她抬起頭，一臉難以置信。

「妳在幹嘛？很煩耶，哭什麼哭？沒錯，我從一個叫貴島孝志的人身上得到一顆腎臟。他的腎臟早就是我的。變成了我，我這個人。」

「孝志……」

孝志的母親啞然失聲。我咬緊牙關，維持冷酷的表情。

「仔細聽著，孝志死了。他留下我和妳，自己死掉了。高中時孝志曾告訴我一句話。

雖然記得不是很清楚，但我今天是來把它還給妳的。」

哭得通紅、布滿皺紋的眼眸盯著我。

「——我媽的嘮叨，光是聽著，就讓我感到舒適的疲累。我喜歡我媽，即使哪天我離家出走，也希望她不要沮喪，一定要顧好身體。」

孝志的母親望著我起身。

「……孝志……孝志說過那種話……？」

「是他沒能告訴妳的話，跟我的話混合在一起。他成爲醫生，一定也不後悔。他的忌日只有我去掃墓，他很寂寞啊。」

從此以後，我們不會再見面。志工擔心地走過來，我看也不看小號盒，快步離開風琴演奏會。

東海大賽高中B部門，參賽學校全數演奏完畢，進入閉幕典禮。

表演廳的觀眾席坐滿等待結果發表的學生和家長，第一次參賽的我們擠在角落。草壁老師在稍遠的座位守候。

舞臺布幕升起，參賽學校的管樂社長依演奏順序一字排開。片桐社長臉色蒼白地站在臺上，像個小媳婦。致詞結束，終於要宣布成績。

「現在發表評審結果。」

表演廳響起廣播，現場鴉雀無聲。按演奏順序，逐一報出得分。參賽學校都會授予金牌、銀牌或銅牌。結果公布後，有些高中開心尖叫，有些高中靜靜接受，落差相當大。

每發表一個成績，春太就在手冊上註記金、銀、銅的數目。金牌和銀牌的數目有限，可預測倒數第二出場的我們的成績。待金牌頒發完，最後出場的學校顯然非常失望。

我雙手交疊在胸前祈禱。

大家竭盡全力，幾乎沒有失誤，力度與和音都掌握得恰到好處。我認爲是三次大賽裡表現最佳的一次。

……如果容許我貪心，我想得到銀牌以上的成績。不能這麼祈求嗎？

拜託，請給我們銀牌以上的成績吧。

首次參加東海大賽便奪得銀牌以上的佳績，離開管樂社的老鳥或許會回來，明年的新社員應該也會變多，到時就能報名夢想中的A部門，可能性一口氣增加。既然要在高中生活中玩管樂，我希望至少以大編制挑戰一次普門館。二年級的我和春太，高中生活只剩下一年半。

給我們吧！給我們吧！我在口中默念著，終於要發表我們的成績。

「參賽編號十四，靜岡縣立清水南高中——」

接下來是約兩次呼吸的空檔。

爲什麼？每個人都傾身向前，等待結果。

閉幕典禮結束，舞臺布幕放下，表演廳裡仍充滿比賽的餘韻。緊張、充實，還有虛脫感摻雜在一起，形成極不可思議的空間。

怎麼樣都站不起來的我，發現自己喜歡看著那降下的布幕。忽然，樂天的母親傳來簡訊，彷彿算準成績發表的時間。

〔主旨〕別在意小事！☆

〔內文〕妳最喜歡的巨無霸散壽司，標高創新紀錄嘍！

所以找上条同學一起來吃吧。

對不起，我沒食欲。

後面傳來後藤等一年級生的嗚咽聲。她們挨在一塊，摟著彼此的肩膀。

馬倫和成島看著今天的樂譜進行討論。他們在檢討哪裡不夠好、以後要怎麼改善，建設性十足。對啊，新的戰鬥開始了，我得轉換心情才行。

神情凝重的界雄恢復冷靜，找來負責打擊樂器的一年級生，稱讚他們今天的表現。

問題在於春太。他臉色陰沉，失魂落魄，彷彿世界末日來臨。

「一度讓人期待『搞不好』、『或許有可能』獲得佳績呢。」

片桐社長舉起給銅牌學校的獎狀。

「別奢求了。這樣講很難聽，但無名學校光是能打進東海大賽便值得嘉獎。沒看見一堆高中都擠不進去嗎？」

奈奈子目瞪口呆地說著，遠野點點頭。

「……我知道。可是，現在別跟大家講這種話。」片桐社長傷腦筋似地咕噥。

「抱歉。」奈奈子小聲賠罪。

「……做夢都沒想到我能站在這裡演奏。挪用準備考試的時間練習，算是値得了。」

「上大學後，你會繼續吹奏管樂嗎？」

「嗯。」

「我和遠野也會繼續。或許有一天，我們會在同一個市民樂團演奏。」

三人互相握手。

草壁老師換回便服，來到表演廳。全員以老師爲中心集合。閉幕典禮前已搬完樂器，大家只需帶齊個人物品。

我東張西望，沒看到芹澤。明明閉幕典禮結束前還在一起……

「先到門廳吧。一直賴在這裡，會給主辦單位添麻煩。」

草壁老師催促，界雄舉手道：

「老師，有人用槓桿也撬不起來。」

眾人聚焦在春太身上。他沒加入大家，在座位蜷成一團。你就這麼玻璃心嗎？

片桐社長深深嘆氣，草壁老師制止他，親自走過去。

「……上条同學，今天的演奏是南高的集大成，我們能做的都已做到最好。今天的成績希望你別當成結果，而是視爲過程，明天再一起繼續前進吧。」

「我不甘心。」春太呻吟似地吐出一句。

「嗯。」

「老師，我們眞的能以全國大賽爲目標嗎？我們人這麼少，而且在這種地方就跌倒，根本沒辦法。」

在這種地方跌倒？這、這是什麼話！春太的大嘴巴發動，眾人一陣毛骨悚然。察覺這一點，我衝上前狠狠給他腦袋一掌。一掌不夠，我不停拍打。

「連一年級社員都忍住不哭，身爲學長你還炫耀似地沮喪給大家看？什麼叫跌倒？跌倒又怎樣？往上面跌倒，或許能飛得更高啊！努力掙扎，或許能飛得更遠啊！」

我好恨自己的字彙這麼貧乏。草壁老師愣了幾拍，噗哧一笑。

笑聲傳染給在場二十三名社員，連成島都強忍笑意，問我什麼叫往上面跌倒？

大家恢復開朗，我鬆一口氣。

不管結果如何，無法笑著迎接，未免太對不起一直以來的努力……

我率先衝到通往門廳的出口，朝大家喊道：

「快點、快點，大家一起來回顧今天吧！」

「……魔法失效了。」

我打手機向曼波魚報告。原本想搞笑，但實在沒那種餘裕，只好作罷。聽筒傳來曼波魚詭異的沉默。

嘿咻、學者、詩人和波波已依我的指示躲起來。我告訴波波，會把離職金匯到他的戶頭。那筆錢可讓他妹妹暫時過得輕鬆點。

接著，默默從曼波魚那裡，扛下我不曉得能否承受的責任就行。幾乎可灌飽一顆氣球的長長嘆息後，傳來曼波魚沉靜的話聲：

「……我能說句話嗎？」

「請吧。」

「付錢和親生父母斷絕關係的你，幹嘛對別人的父母客氣？」

「我沒客氣。就是因爲沒客氣，我什麼都不能做。」

「不好意思，我沒空跟你打啞謎。」

「那麼，就當我腦袋故障。」

「……唔，再精密的電腦都會出錯嘛。傑出的程式員會設下防線，避免意外發生。」

我等待下文，曼波魚冷冽的話聲傳來。我從未聽過他這樣的話聲。

「你的四個手下都在我手裡。我決定施展魔法。給你最後一個任務，你賭上性命也會達成吧？」

那些傢伙被抓了……我握緊手機，吞下一口氣，下定決心。

「什麼任務？」

「剛才我派你的手下進行轉帳詐騙，過程十分順利。那個母親有一筆不曾動用的錢。這次不能用總公司的車手，你親自去拿。」

又是「是我啦詐騙」嗎？

「抱歉，能不能給我別的任務？只要不是殺人，我什麼都幹。」

「少來，這是從你的辦公桌裡找到的名單。」

曼波魚念出十位數的市外號碼。

我瞪大眼，深吸一口氣。那是我老家的電話號碼。

「……沒想到你居然會親自下海。」

「沒啥好驚訝的吧。可拿到需要的錢，達成這個月的業績，甚至還有得找。」

「這樣的話，我能提出一個請求嗎？」

「什麼請求？」

「等全部結束，我要金盆洗手，向警方自首。」

一陣沉默。比剛才更長的沉默。出乎我的意料，傳來不疾不徐的話聲。

「你要出賣公司？」

「只會說出我參與的部分，跟這次未遂的事。我被逮捕，可以讓一個老婦人從漫長的夢裡醒來。之前你不是提過，公司累積頗多不妙的案子嗎？就當是黑道的頂替投案，全歸到我頭上也行。」

曼波魚暫時回歸沉默。

「什麼時候？」

「三天後。」

曼波魚似乎在思考。

「這樣只有你吃虧……」

「無所謂。」

「拿到的錢交給學者。經過確認後，我就開除波波。八百萬是你的錢，我會留給你，隨你要拿去補償受害者還是幹嘛。」

「債務的部分怎麼辦？」

「就當餞別禮吧。」

「……眞慷慨，你到底怎麼啦？」

「你不曉得嗎？曼波魚可逆著海流前進。」

曼波魚先掛斷電話。短短相識一場，我似乎窺見他意外的一面。

我朝舉行管樂東海大賽的表演廳走去。

通道的塑像旁，一個女高中生蹲著號啕大哭。每一次抽噎，頭髮上的黑色緞帶便隨之搖晃。

成績已宣布，她不甘心地放聲哭泣。此處離表演廳和巴士停車場都很遠，大概是不想讓同伴看到自己哭泣，才跑到這種地方吧。

一道影子接近她。

剛才沒發現，塑像後面躲著一個人。

我不禁瞪大雙眼。那是我在風琴演奏會中碰到的少女，她似乎是女高中生的好友。她沒出聲安慰，默默注視著女高中生，像是要讓女高中生盡情哭個夠。

在這種情況下，要不多嘴相當困難。辦得到的，只有不會說話的寵物，和拚命忍住不哭的人。

我對上她的目光。

「風琴演奏會結束了嗎？」

她主動開口問。

「嗯，一切都結束了。」

我朝她丟出一包面紙。女高中生沒理會我們，繼續大哭，甚至淌下鼻水，簡直糟蹋可愛的臉蛋。

「一切都結束了……？聽起來有不少內幕。」

「畢竟我是大人啊。」

「說得那麼了不起。什麼叫大人？」

她尖銳地反問。看她的眼神，就明白這不是調侃。大人的定義……意外地很困難。大人可以抽菸喝酒，大人要工作，這樣回答她會生氣吧。再認眞一點思考，要能獨立，清楚自身的責任、權利和義務，但世上的弱者能否符合上述條件是個疑問。

「這個嘛……我認為有接受眼前一切的覺悟，才算是大人。」

講得太抽象，害她期待落空了嗎？她一時愣住。我可沒說錯，大人的資格，不一定由年齡或經驗來界定，端看能否將理所當然接受的無條件的愛，奉獻給下一個人。我沒告訴她，才不會輕易告訴叫我噁心叔叔的小妞呢。

「叔叔今天變成大人了？」

我忍不住苦笑。原來十多歲的女人，可憑直覺洞悉一切嗎？實在教人甘拜下風。

她蹲下來，拿面紙仔細擦掉女高中生的鼻涕。女高中生任她擺布，即使我在旁邊，也毫不設防。

「我不打算像叔叔一樣花上好幾年……」她悄聲低喃。

「妳的計畫是什麼？」

我一問，像要當成面紙的回禮，她從左耳摘出小型助聽器，高高擲來。我急忙用雙手接住。

「最快明年。前提是我和她一起找齊同伴，打進全國大賽。」

我看到她的覺悟，同時也對許多事恍然大悟。

（——或許是遇見她，我才總算擺脫老馬的詛咒。）

妳決定把自春天以來得到的無條件的愛，奉獻給她們。而且，妳應該沒捨棄成爲音樂家的夢想。

我的推測沒錯，妳就是芹澤吧？

繫著黑緞帶的女高中生停止嗚咽，凝視芹澤的側臉。接著，淚珠又成串滾落，她吸著鼻涕，將哭得慘兮兮的臉轉向我。

「渡邊先生……」

「嗨。」

我打趣地舉起一隻手。我大概看不到她們明年的活躍，所以想在最後留下一句話。不過，來自我這種人的聲援，只會給她們添麻煩吧……好，決定了。

「抬頭挺胸，不可以放棄！」

這是獻給奇蹟似地首度打入東海大賽，英勇奮鬥的她們最大的禮讚。

主要參考文獻

《左右逢源的宇宙》（*The New Ambidextrous Universe*） Martin Gardner 著／坪井忠二、藤井昭彥、小島弘譯／紀伊國屋書店

《酒精成癮的早期發現與照護》 世良守行 著／日東書院

《天然石與寶石圖鑑》 塚田眞弘 著／日本實業出版社

《日本的器官移植：現任腎臟移植醫師的聖戰》 相川厚 著／河出書房新社

《器官漂流：移植醫療的死角》 木村良一 著／POPLAR社

參考文獻的主旨與本書內容無關。此外，作者在撰寫本書時，也參考其他許多書籍和網站內容。

〈賈巴沃克的牌照〉開頭的報導，參考二〇〇九年十一月二十八日的《產經新聞》。

NIL 12／幻想風琴

原著書名／空想オルガン
原出版者／角川書店
作　　者／初野晴
翻　　譯／王華懋
責任編輯／詹凱婷、陳盈竹
編輯總監／劉麗真
總 經 理／陳逸瑛
榮譽社長／詹宏志
發 行 人／涂玉雲
出 版 社／獨步文化
城邦文化事業股份有限公司
104台北市中山區民生東路二段141號5樓
電話：(02) 2500-7696　傳真：(02) 2500-1967
發　　行／英屬蓋曼群島商家庭傳媒股份有限公司
城邦分公司
104 台北市中山區民生東路二段141號2樓
網址／www.cite.com.tw
讀者服務專線／(02) 2500-7718；2500-7719
服務時間／週一至週五：09：30～12：00　13：30～17：00
24小時傳真服務／(02) 2500-1900；2500-1991
讀者服務信箱E-mail／service@readingclub.com.tw
劃撥帳號／19863813
戶名／書虫股份有限公司
香港發行所／城邦（香港）出版集團有限公司
香港灣仔駱克道193號東超商業中心1樓
電話／(852) 2508-6231　傳真／(852) 2578-9337
E-mail／hkcite@biznetvigator.com
馬新發行所／城邦（馬新）出版集團
Cite (M) Sdn Bhd
41, Jalan Radin Anum, Bandar Baru Sri Petaling,
57000 Kuala Lumpur, Malaysia.
Tel: (603) 90578822
Fax:(603) 90576622
email:cite@cite.com.my
內頁插畫／NIN
封面、人物插畫／Rum
封面設計／犬良設計
排　　版／游淑萍
印　　刷／中原造像股份有限公司
●2016（民105）10月初版
售價280元
KUSO ORGAN

Edited by KADOKAWA SHOTEN
First published in Japan in 2012 by KADOKAWA CORPORATION, Tokyo.
Chinese translation rights arranged with KADOKAWA CORPORATION, Tokyo, through TOHAN CORPORATION, Tokyo.
 ISBN 978-986-5651-71-8

國家圖書館出版品預行編目資料

幻想風琴 / 初野晴著；王華懋譯．–初版．–
台北市：獨步文化，城邦文化出版：家庭
傳媒城邦分公司發行，民105
　面；公分．--（NIL；12）
譯自：空想オルガン
　ISBN 978-986-5651-71-8
861.57　　105015382

獨步文化
APEX PRESS

廣　告　回　函
北區郵政管理登記證
台北廣字第000791號
郵資已付，免貼郵票

104台北市民生東路二段 141 號 2 樓

英屬蓋曼群島商家庭傳媒股份有限公司

城邦分公司

請沿虛線對摺，謝謝！

獨步文化
APEX PRESS

書號：1UY012	書名：幻想風琴	編碼：

請於此處用膠水黏貼

獨步文化 APEX PRESS

讀者回函卡

謝謝您購買我們出版的書籍！

請費心填寫此回函卡，我們將不定期寄上城邦集團最新的出版訊息。

姓名：________________________　　性別：☐男　☐女

生日：西元__________年__________月__________日

地址：____

聯絡電話：____________________　傳真：________________

E-mail：____

學歷：☐1.小學　☐2.國中　☐3.高中　☐4.大專　☐5.研究所以上

職業：☐1.學生　☐2.軍公教　☐3.服務　☐4.金融　☐5.製造　☐6.資訊

☐7.傳播　☐8.自由業　☐9.農漁牧　☐10.家管　☐11.退休

☐12.其他____

您從何種方式得知本書消息？

☐1.書店　☐2.網路　☐3.報紙　☐4.雜誌　☐5.廣播　☐6.電視

☐7.親友推薦　☐8.其他______________________________

您通常以何種方式購書？

☐1.書店　☐2.網路　☐3.傳真訂購　☐4.郵局劃撥　☐5.其他

您喜歡閱讀哪些類別的書籍？

☐1.財經商業　☐2.自然科學　☐3.歷史　☐4.法律　☐5.文學

☐6.休閒旅遊　☐7.小說　☐8.人物傳記　☐9.生活、勵志　☐10.其他

對我們的建議：____

____

____

為提供訂購、行銷、客戶管理或其他合於營業登記項目或章程所定業務需要之目的，家庭傳媒集團（即英屬蓋曼群島商家庭傳媒股份有限公司城邦分公司、城邦文化事業股份有限公司、書虫股份有限公司、墨刻出版股份有限公司、城邦原創股份有限公司），於本集團之營運期間及地區內，將以mail、傳真、電話、簡訊、郵寄或其他公告方式利用您提供之資料（資料類別：C001、C002、C003、C011等）。利用對象除本集團外，亦可能包括相關服務的協力機構。如您有依個資法第三條或其他需服務之處，得洽詢本公司服務信箱cite_apexpress@cite.com.tw請求協助。相關資料不提供亦不影響您的權益。

☐我已詳讀權利義務之相關條款，並同意遵守。

請於此處用膠水黏貼

獨步文化
APEX PRESS

廣告回函
北區郵政管理登記證
台北廣字第000791號
郵資已付，免貼郵票

104台北市民生東路二段141號5樓

英屬蓋曼群島商家庭傳媒股份有限公司

城邦分公司

獨步文化　　收

請沿此虛線剪下，將活動卡對摺、黏貼後寄回即可

黏貼處

獨步文化 APEX PRESS

獨步十週年慶活動 Bubu 集點卡

東京來回機票 × 2017 年全套新書 × 限量款紀念背包

預約未知的閱讀體驗．挑戰真實的異國冒險

想見識日系推理場景卻永遠都差一張機票？
想閱讀的時候書櫃剛好就缺一本推理小說？
想珍藏「十週年紀念限量款」Bubu 後背包？

首獎
日本東京來回機票

三個願望，今年 Bubu 一次幫你實現！
集滿三枚點數就可參加抽獎，每季抽出，集越多中獎機率越大！

首獎：日本東京來回機票乙張 2 名（長榮航空經濟艙來回機票，價值約 NT 40,000 元）

二獎：獨步 2017 年新書全套　每季 5 名（總價約 NT 14,000 元）

三獎：Bubu 十週年紀念限量帆布包　每季 5 名（價值約 NT 3,000 元）

二獎
獨步 2017 年新書全套

【活動辦法】

- 即日起至 2016 年 12 月 31 日止，獨步每月新書後面皆附有本張「獨步十週年慶活動 Bubu 集點卡」乙張及 Bubu 貓點數 1 枚，月重點書則有 2 枚（請見集點卡右下角）！
- 將 Bubu 貓點數剪下貼於本張活動集點卡，集滿「三枚」並填寫個人資料後寄出，即可參加獨步十週年慶抽獎活動！（集點卡採【累計制】，每一張尚未被抽中的集點卡都可以再參加下一季的抽獎，寄越多，中獎機率越高喔！）
- 二獎和三獎於 2016 年 4 月、7 月、10 月及 2017 年 1 月的 15 日公開抽獎。
- 首獎於 2017 年 1 月 15 日抽出。（活動於 2016 年 12 月 31 日截止，郵戳為憑）

三獎
Bubu 十週年紀念限量帆布包

◆ 詳細活動規則請見獨步文化部落格：http://apexpress.blog66.fc2.com/
◆「每月重點主打書籍」與「活動得獎名單」將於獨步文化部落格、獨步臉書粉絲團公布。
◆ 2017 年新書將於每月 15 日寄出給中獎者。

【Bubu 點數黏貼處】

請沿此虛線剪下，將活動卡對摺、黏貼後寄回即可

【聯絡資訊】（煩請以正楷填寫以下資料，以免因字跡辨識困難導致贈品寄送過程延誤）

姓名：＿＿＿＿＿＿＿＿＿＿　年齡：＿＿＿＿＿　性別：□ 男 □ 女
電話：＿＿＿＿＿＿＿＿＿＿　E-mail：＿＿＿＿＿＿＿＿＿＿
獎品寄送地址：＿＿＿＿＿＿＿＿＿＿＿＿＿＿＿＿＿＿＿＿

【個人資料蒐集告知事項】為提供訂購、行銷、客戶管理或其他合於營業登記項目或章程所定業務需要之目的，家庭傳媒集團（即英屬蓋曼群島商家庭傳媒股份有限公司城邦分公司、城邦文化事業股份有限公司、書虫股份有限公司、墨刻出版股份有限公司、城邦原創股份有限公司），於本集團之營運期間及地區內，將以 mail、傳真、電話、簡訊、郵寄或其他公告方式利用您提供之資料（資料類別：C001、C002、C003、C011 等）。利用對象除本集團外，亦可能包括相關服務的協力機構。如您有依個資法第三條或其他需服務之處，得洽詢本公司服務信箱 cite_apexpress@cite.com.tw 請求協助。

□ **我已詳讀權利義務之相關條款，並同意遵守。**

黏貼處

【注意事項】1. 本活動限臺澎金馬地區讀者參與。 2. 參加者請務必留下有效郵寄地址，若贈品無法投遞，又無法聯絡到本人，怨視同棄權。 3. 本活動卡及 Bubu 點數影印無效。 4. 欲看贈品實物圖請上獨步部落格：http://apexpress.blog66.fc2.com/ 5. 抽獎贈品將以郵局掛號方式寄出，得獎訊息將會於獨步文化部落格、獨步臉書粉絲團公告。

歡迎加入獨步臉書粉絲團
獲得最快最新的出版資訊！Bubu 在臉書等你呦～
https://www.facebook.com/APEXPRESS

◀歡迎剪下我